U0133670

复活节游行

〔美〕理查德·耶茨 著

王青松 译

RICHARD YATES

THE EASTER PARADE

上海译文出版社

献给吉娜·凯瑟琳

第一部

第一章

　　格莱姆斯家两姐妹都没能过上幸福的生活，回头看的话，问题总像是始于她们父母的离婚。那是一九三〇年的事，那一年，萨拉九岁，艾米丽五岁。她们的妈妈——她总是鼓励两个小女孩喊她"普奇"——带着她们搬出纽约，住到新泽西州特纳弗莱一处租来的房子里，她认为那里的学校更好，而且她希望能在郊区房地产方面开创一番事业。目标并没有实现——她那些寻求自力更生的计划就几乎没有实现的——于是两年后，她们离开了特纳弗莱，不过对于两个女孩来说，那却是一段值得留恋的时光。

　　"你爸爸从来不回家吗？"其他小孩子们会问，而萨拉总会抢先解释一番离婚是怎么回事。

　　"那你们能去看他吗？"

　　"当然能啦。"

　　"他住在哪里？"

　　"纽约市。"

　　"他是做什么的？"

"他是写标题的。他在纽约的《太阳报》写标题。"她说话的口气清楚地表明，他们应该对此印象深刻。任何人都可以成为一个用词浮夸、不负责任的记者，或者一个闷着头干苦活的改稿编辑；但是那种写标题的人！他每天通读纷繁复杂的新闻，提炼出最显著的要点，然后用寥寥几个精挑细选的词语概括出来，并加以巧妙地编排填入有限的空间——他是一位技艺非凡的新闻工作者，还是一个称职的爸爸。

有一次，两个女孩子去城里看他，他领着她们参观了《太阳报》报社，她们把一切都看了个遍。

"初版准备开印了，"他说，"所以我们先下去到印刷车间看看；然后我再领你们参观楼上。"他护送她们沿一道铁制楼梯往下走，那楼梯散发着油墨和新闻纸的味道，走进一间大大的位于地下的房间，里面排列着一排排高大的轮式印刷机。到处都是忙碌的工人，全都戴着挺括的方形小帽，是用报纸巧妙折叠而成的。

"为什么他们戴这种纸帽子，爸爸？"艾米丽问。

"嗯，他们可能会告诉你说这是为了防止油墨沾到头发上，但是我觉得，他们戴这帽子只是为了看起来神气活现。"

"'神气活现'是什么意思？"

"哦，就跟你裙子上的那只小熊差不多意思。"他说，指着她连衣裙上石榴石镶嵌的泰迪熊形状的别针，她那天把它别在裙子上，就希望他能注意到。"那是一只很神气活现的熊。"

他们看着刚铸好的弧形的金属纸型在传送带上一路滑行，直到被扣紧在圆形转筒上；接着，一阵铃响之后，他们看到印刷机转动起来。脚下的钢制地板也颤动起来，让人感觉痒痒的，而那噪声铺天盖地，令他们无法交谈：他们只能彼此看着，微笑着，而艾米丽用手捂住了自己的耳朵。四面八方，连绵不绝的白色新闻纸通过机器，于是印好的报纸便源源不断地淌出来，一张压一张整齐地摞成一大堆。

"你们觉得怎么样？"在他们爬楼梯时，沃尔特·格莱姆斯问两个女儿。"现在让我们去看一下城市部办公室。"

那一大片地方摆满了办公桌，工人们坐在桌前噼噼啪啪地打字。"前面那里，几张桌子挤在一起的地方就是城市部的办公桌，"他说，"那个在打电话的光头男士就是城市版的编辑。他旁边那个人则更重要。他是执行编辑。"

"你的办公桌在哪儿呢，爸爸？"萨拉问。

"哦，我在稿件部。就在边上。看见那儿了吗？"他指着一张黄色木头制成的半圆形大桌子。一个男士坐在桌子的圆心位置，另外有六个人围坐在外边，有的在阅读，有的在用铅笔匆匆地写东西。

"那就是你写标题的地方吗？"

"嗯，写标题是部门工作的一部分，是的。通常情况是，当记者和改稿的人完成他们的工作之后将报道交给送稿员——那边的那个年轻小伙子就是送稿员——他就把稿子拿给我们。我们检查文稿中的语法、拼写和标点，接着我们写好标题，然后就可以送去了。你好，查理，"他对一个去冰水机那里、正好路过他们身边的人说，"查理，我想您认识一下我的姑娘们。这是萨拉，这是艾米丽。"

"好啊，"那个人说，腰弯成了九十度，"多么可爱的一对甜心啊。你们好。"

接下来，他带她们去了电传打字室，在那儿她们看到电报新闻从世界各地传来，之后是排版室，一切都在那里被转换成铅字，排成报纸版面的形式。"你们想吃午饭了吗？"他问道，"要不要先去下卫生间？"

他们走出去，在春日的阳光下穿过市政厅公园的时候，他一直牵着她们俩的手。她们俩都在自己最漂亮的裙装外面穿了件薄大衣，脚上是白色的袜子、黑色的漆皮皮鞋，她们都是甜美漂亮的小姑娘。萨拉肤色要黑一点，一脸容易信赖别人的天真，而这将自始自终都伴随着她；艾米丽要矮一个头，金黄色的头发，瘦瘦的，神情非常严肃。

"市政厅看起来并不怎么样，是不是？"沃尔特·格莱姆斯说，"但是看见树林背后的那座高大建筑了吗？暗红色的那座？那是《世界报》——过去是，我应该这样说；它去年关门了。美国最了不起的日报。"

"嗯，那现在《太阳报》是最好的，对吗？"萨拉说。

"哦，不，亲爱的；作为报纸，《太阳报》真的并不怎么样。"

"它不是的？为什么呢？"萨拉看起来挺担心的。

"哦，因为它有点反动。"

"这什么意思？"

"就是说非常、非常保守；非常亲共和党。"

"难道我们不是共和党吗？"

"我想你妈妈是的，宝贝儿。我不是。"

"噢。"

午饭之前他喝了两杯酒，给女孩们要了姜汁无酒精饮料；然后，等到他们狼吞虎咽皇家奶油鸡和土豆泥的时候，艾米丽张口说话了，这还是他们离开办公室后她头一次开口。"爸爸？如果你不喜欢《太阳报》，那你为什么还要在那里工作呢？"

他那哭丧的脸，在两个小女孩看来很英俊，露出了疲惫的神色。"因为我需要一份工作，小兔子，"他说，"工作越来越难找了。哦，我想要是我很有天分的话，我或许会换工作的，但我只是——你们知道的——我只是一个负责处理稿件的人。"

没有很多东西可以带回特纳弗莱，但至少她们还可以说他是写标题的人。

"……而如果你认为写标题很容易，你就错了！"一天放学后，萨拉在操场上对一个粗野的男孩说。

不过，艾米丽是一个非常讲究精确的人，于是一等那个男孩走到听不见的地方，她便提醒姐姐要注意事实。"他只是一个处理稿件的人。"她说。

埃斯特·格莱姆斯，也就是普奇，是一个活跃的小个子女人，她的生活，似乎发誓要实现并保持一种难以把握的品质，她把它叫做"范儿"。她钻研时尚杂志，讲究着装品位，尝试各种各样的方式打理自己的头发，但是她的眼神依然迷茫，而且她永远学不会涂口红，总是要越出唇线，导致她整个人染上一种恍惚、脆弱的犹豫不定感。她发现，有钱人比中产阶级更有范儿，所以她在培养两个女儿时，渴望她们能养成富人的那些神态举止。她总是寻求住在"好的"社区，也不管她能否负担得起，而且她还在礼仪方面要求苛刻。

"亲爱的，我**希望**你不要这样做。"一天早晨吃早饭时她对萨拉说。

"做什么？"

"把吐司的硬壳浸在牛奶里。"

"哦。"萨拉把一片长长的、浸泡过的黄油吐司硬壳从自己的牛奶杯子里拖出来，一边在滴着奶汁，一边送进伸出来的嘴巴。"为什么呢？"她在嚼完咽下去之后问道。

"没啥特别的。**看上去**不好看。艾米丽比你整整小四岁，可**她**都不会做这么孩子气的事。"

还有另外一个问题：她总是暗示，百般暗示，艾米丽比萨拉更有范儿。

在特纳弗莱的房地产行业不可能成功的前景渐趋明朗之时，她开始频繁地去别的小镇或者城市，一去就是一整天，把两姐妹丢给其他人家照顾。萨拉似乎并不在意她不在家，但是艾米丽做不到：她不喜欢别人家里的气味；她吃不下饭；她整天提心吊胆，脑子里想着妈妈会出各种可怖的交通事故，如果普奇晚了一两个小时来接她们，她就会婴儿似的嚎啕大哭。

那是秋天的某一天，她们到一个姓克拉克的人家里待着。她们带了自己的纸娃娃，以防被孤零零地晾在一边无事可做，这似乎很有可能的——克拉克家三个孩子都是男孩——但是克拉克夫人已经告诫她的大儿子迈伦要做一个好东道主，而他也认真对待自己的职责。迈伦十一岁，当天的大部分时间他都用来向她们炫酷。

"嘿，看呐，"他不断地说，"瞧这个。"

克拉克家后院的尽头有一根与地面平行的钢管，用钢的支架支撑着，而迈伦很擅长翻单杠。他会向钢管冲过去，毛衣里面的衬衣下摆在风中翻动，然后双手紧握钢管荡起来，脚跟由下面穿过管子再翻上去，用膝盖窝吊住身体；接着挺直整个身子从里面翻下来，跳到地面，扬起一阵尘土。

后来，他还带着弟弟们和格莱姆斯姐妹玩了一场复杂的打仗游戏，那之后，他们进到屋子里去看他收藏的邮票，而等到他们又一次来到门外时，已经再没有什么可玩的了。

"嘿，你们看，"他说，"萨拉的身高正好可以从单杠下面走过去，碰不到它。"确实如此：萨拉的头顶比单杠大约矮半英寸。"我知道我们可以做什么了，"迈伦说，"我们叫萨拉以最快的速度朝着单杠跑，而她会刚好擦着单杠下面过去，那肯定非常刺激。"

他们确定好离单杠大概三十码远的一个地点，其他人站在两旁观看，萨拉则开始奔跑，她的长发在空中飘舞。没有一个人想到，萨拉跑起来的时候会比站着的时候要高一些——艾米丽意识到的时候已经晚了几分之一秒，她甚至来不及叫出声来。钢管正好撞在萨拉的眼睛上方，发出一声艾米丽永远不会忘记的声响——"咚!"——随之，萨拉倒在地上翻滚尖叫，满脸是血。

艾米丽在跟着克拉克家的男孩子往回他们家狂奔时，尿湿了裤子。克拉克夫人看到萨拉也尖叫了一声；然后她用小毯子将萨拉包起来——她听说过事故受伤者有时会休克——立马开车送萨拉去医院，艾米丽和迈伦坐在车座的后排。萨拉这时已经不哭了——她从来不多哭——但是艾米丽的哭却刚刚开始。在去医院的途中她哭了一路，在急诊室外的走廊上，她还哭个不停。克拉克夫人从急诊室出来了三次，说了三句话："没有骨折"，"没有脑震荡"，"缝了七针"。

后来他们全都回到克拉克家——"我从来没看见过**谁**这么能忍

痛。"克拉克夫人一直说——萨拉躺在光线已经暗淡下来的客厅里的沙发上，大半个脸都肿了起来，青一块紫一块，一条厚厚的绷带蒙住一只眼睛，绷带外面覆着一条包了冰块的毛巾。克拉克兄弟又到外面院子里去了，但艾米丽却不愿意再离开客厅。

"你必须让你姐姐休息一下，"克拉克夫人告诉她，"去外面玩，好吧，亲爱的。"

"没事的，"萨拉用一种奇怪而渺远的声音说，"她呆在这儿可以的。"

因此艾米丽被允许留下来，这可能是一件好事，因为她正站在克拉克家难看的地毯上，咬着自己湿漉漉的拳头，而如果有谁非要想着拉她走的话，她一定会拳打脚踢的。此时她已经不哭了；她只是注视着躺在阴影处的姐姐，失去姐姐的可怕感觉在心里一浪一浪地翻腾。

"没事的，艾美[1]，"萨拉用那种渺远的声音说，"没事了。不要难过。普奇马上就来了。"

萨拉的眼睛并无大碍——她深邃的棕色大眼睛依旧是她那张将会变得很漂亮的脸上最突出的特征——但是在她嗣后的人生中，一条细细的泛着蓝的白色伤疤永远地留在了脸上，从眉毛或隐或现延伸到眼睑，像被铅笔犹犹豫豫地划了一记似的，而艾米丽只要一看到它，就会想起她姐姐当时是多么地能够忍受疼痛。它也时不时地提醒艾米丽，自己面对恐慌是多么脆弱，自己孤身一人时是多么难以理解地感到恐惧。

---

1 艾美是艾米丽的昵称。

第二章

　　是萨拉传授了艾米丽最初的性知识。她们一边在房子后院里吃橙味雪糕，一边胡乱摆弄一张破破烂烂的吊床，那时她们住在纽约的拉奇蒙特——那是她们离开特纳弗莱之后住过的诸多郊区城镇中的一个——而艾米丽听着听着，脑子里充满了各式各样混乱不堪、困惑不解的画面。

　　"你是说他们会把它塞**进**你里面吗？"

　　"是呀。一直往里塞。还会疼的。"

　　"那如果不般配呢？"

　　"哦，会般配的。他们总是般配的。"

　　"那然后呢？"

　　"然后你会有一个小宝宝。正因为如此要一直到你结婚之后才可以做。你还不知道八年级的伊莲娜·辛科吧？她和一个男生做了，然后就有了小孩，所以她不得不退学了。甚至谁都不知道她现在在哪儿啦。"

　　"你确定吗？伊莲娜·辛科？"

"绝对的。"

"好吧，但是她为什么想要做那样的事情呢？"

"那个男生引诱了她。"

"什么意思？"

萨拉慢慢地、长长地舔了一口雪糕。"你还太小了，你不懂。"

"我是不懂。但你不是说会**疼**吗，萨拉。如果疼的话，那为什么她——"

"嗯，是会疼的，但是也会觉得舒服。你知道有时候你洗澡的时候，或者可能你把手放到那里摸一摸，那种感觉——"

"噢，"艾米丽有些尴尬地垂下眼睛，"我明白了。"

对于不是完全理解的事情，她常常会说"我明白了"——而在这件事情上，萨拉也会如此。比如，她们俩都不理解妈妈为什么总是如此频繁地变换住所——她们刚开始在某个地方交了朋友，就要搬到另一个地方去——但是她们谁也没有问过。

在很多事情上，普奇都令人难以捉摸。"我所有事情都和孩子们讲，"她会向其他的大人吹嘘，"在我们这个家里没有任何秘密。"——可是转过身，她就会放低声音，讲一些孩子们不宜听到的事情。

遵照离婚协议的规定，沃尔特·格莱姆斯每年都会来看望姐妹俩两三次，无论她们租住在什么样的房子里，有时候他会在客厅的沙发上过夜。艾米丽十岁那一年的圣诞夜，她躺在床上很久都没有睡着，楼下父母亲一直在发出不同寻常的说话声——他们一直在聊啊聊啊——而因为她必须要知道到底是怎么回事，她就装作一个小婴孩那样：大声喊叫妈妈。

"怎么了，亲爱的？"普奇开了灯，弯下腰来问她，身上一股杜松子酒的味道。

"我的肚子难受。"

"你要么喝点小苏打？"

"不要。"

"那你想怎么样呢？"

"我不知道。"

"你真是个傻孩子。我帮你把被子压好，你呢，就只想那些圣诞节会拿到的各种好东西，然后就睡着了。你不许再叫我啦；答应不？"

"好的。"

"爸爸和我正在进行一次非常重要的谈话。我们讨论了很多很多的事情，我们很久很久之前就应该谈了，而现在我们就要达成一个新的——一个新的谅解。"

她给了艾米丽一个湿吻，熄了灯，就匆匆下楼去了，那场谈话进行得没完没了，而艾米丽躺在那儿，带着一股温暖的甜蜜等待着入睡。达成一份新的谅解！这就像电影里的离婚妈妈会讲的那样，就在画面渐渐淡出、气势磅礴的音乐响起的时候。

但是第二天早上，一切看起来都和之前他来看她们时的最后一个早上一样：吃早饭时，他安安静静，彬彬有礼，就像一个陌生人，而普奇也避而不看他的眼睛；之后，他叫来一辆出租车把他送去火车站。起初艾米丽在想，也许他只是返回城里去拿他的物品，但是这个希望在几天后、几周后渐渐烟消云散。她从未能找到合适的话去问妈妈这是怎么回事，她也没有向萨拉提起过。

两个小姑娘都有牙医所称的"覆咬合"问题，小孩子们把那叫作"龅牙"，但萨拉的情况要更严重一些：到十四岁时，她几乎嘴巴都合不拢了。沃尔特·格莱姆斯同意支付矫正牙齿的费用，而这意味着萨拉要每周坐火车到纽约去一次，跟他待一整个下午，去调整她的牙套。艾米丽有些嫉妒，既包括牙齿矫正又包括去市里见爸爸，可普奇解释说，他们无法负担两个女孩同时矫正牙齿；艾米丽的矫正后面再弄，要等她再长大一些。

与此同时，萨拉的牙套很糟糕：牙套里会不雅观地嵌些白色食物碎屑，而且学校里还有人喊她行走的五金店。谁会愿意亲吻那样一张嘴巴呢？说到这一点，谁又忍得了挨着她的**身体**待上哪怕是一小会儿的时间呢？萨拉非常认真地洗她的毛衣，并且努力不让腋下的部分褪色，但是没有什么用：一件海军蓝毛衣的腋下部位会逐渐褪成知更鸟蛋的蓝白色，而一件红色的会变成泛黄的粉红色。出汗多似乎是她的一个诅咒，带给她的痛苦一点也不亚于她的牙套。

又一重魔咒降临了，降临至两个小姑娘身上。普奇宣布说，她在一个叫布拉德利的呱呱叫的小镇找到一座呱呱叫的房子，她们将在秋天的时候搬过去。她们几乎都记不清她们搬过多少次家了。

"嗯，这个地方并不差，是吧？"在她们搬到布拉德利的第一天放学后，普奇问她们，"跟我说说看。"

艾米丽已经忍受了一整天无人搭理的敌意——她是整个六年级仅有的两个新生中的一个——于是说，她想一切都挺好。但萨拉，一名高中新生，则兴奋不已地说着那天在学校里过得有多开心。

"他们为所有新来的女孩子召开了一个特别的晨会，"她说，"有人弹钢琴，原先学校的所有女生都站起来一起唱这首歌，你们听：

> 你好，新来的女孩，你好吗？
>
> 我们可以为你做什么
>
> 我们很高兴你加进来
>
> 因为你总带来开心欢乐
>
> 你好，新来的女孩，你好吗？"

"哇！"普奇开心地说，"确实挺不错呢。"

艾米丽心里一阵厌恶，只好别过脸去。这也许的确"挺不错"，可它是虚情假意的;**她**知道那样一首歌里隐含着虚情假意。

小学部和高中部是在同一栋大楼里，这意味着白天如果碰巧的话，艾米丽能看见她姐姐一两眼;这也意味着每天下午放学后她们可以一起走回家。她们约好放学后在艾米丽的教室碰头。

但是橄榄球赛季中的一个星期五，艾米丽在空荡荡的教室里等啊等啊，等得她的胃都开始发紧了，也没见萨拉的影子。当萨拉终于到来时，她看着很滑稽——她很滑稽地笑着——在她身后跟着一个笨手笨脚皱着眉头的男生。

"艾美，这是哈罗德·施耐德。"她说。

"嗨。"

"嗨。"他身材高大，肌肉健硕，粉刺疙瘩脸。

"我们要去阿蒙克看比赛，"萨拉解释说，"告诉普奇我会回家吃晚饭的，好吗？你不介意一个人走回家吧，对不？"

但是问题是普奇那天上午去纽约了，她在吃早饭时就说了：

"嗯，我想我会在你们放学前回来，但是我也不敢打包票。"那就意味着艾米丽不仅要一个人走回家，还要一个人呆在空荡荡的家里，盯着光秃秃的家具看上好几个小时，听着时钟的滴答声，默默地等候。而即使她妈妈真的已经到家了——"萨拉呢?"——她可怎么告诉妈妈说萨拉跟一个叫哈罗德的男生一起去阿蒙克镇看比赛了?这是不可能的。

"你们怎么过去呢?"她问道。

"坐哈罗德的车，他十七岁了。"

"我觉得普奇不会喜欢你这么做的，萨拉。我想你知道她不会喜欢的。你最好跟我一起回家吧。"

萨拉绝望地转过头看着哈罗德，他那张大脸盘抽搐着，一副半笑不笑、难以置信的样子，仿佛在说他长这么大还没遇见过这么烦人的小屁孩。

"艾美，不**要**这样嘛。"萨拉恳求道，她颤抖的声音说明她正在输掉这场争论。

"不要**哪**样?我在说的你都知道。"

最后艾米丽赢了。哈罗德·施耐德没精打采地沿着走廊走了，一路摇着头（他很可能在比赛开始之前就能找到别的女孩子），格莱姆斯姐妹一起走回家去——或者更应该说是排成一列，艾米丽走在前面。

"你该死，你该死，你该死，"人行道上，萨拉跟在艾米丽身后说，"我要为这**杀掉**你——"说着她往前连跑三步，在她小妹的屁股上狠踹一脚，踢得艾米丽扑倒在地，双手趴在地上，课本全都飞出去，活页夹摔开了，纸张撒了一地，"——我要**杀掉**你，你把一切都搞砸了。"

讽刺的是，当她们到家时，普奇已经回来了。"什么**情况**？"她问，于是萨拉哭着把整个情况讲了一遍——艾米丽绝少见到她哭，这是其中的一回——显然，那天下午的所有错误都是艾米丽的。

"有很多人去看那个比赛吗，萨拉？"普奇问道。

"哦，是的。所有的毕业班的，**每个人**……"

普奇看起来不如平常那么困惑。"好啦，艾米丽，"她严厉地说，"这的确一点都不对，你这样做。你明白吗？这的确一点都不对。"

她们在布拉德利有过一些幸福的时光。那年冬天，艾米丽交了几个朋友，放学后她就和她们一起玩，这样就使她不再很为普奇在不在家担忧。而同样是在那个冬天，哈罗德·施耐德开始带着萨拉去看电影。

"他吻过你吗？"在他们约会了三四次之后艾米丽问。

"不关你的事。"

"得了吧，萨拉。"

"哦，好吧。是的。他吻过我。"

"感觉怎么样？"

"和你想象的差不多。"

"哦。"其实艾米丽想说的是他不介意你的牙套吗？但是她又想了想，转而说："你究竟看上哈罗德哪儿了？"

"哦，他——非常不错。"萨拉说，然后继续洗她的毛衣。

布拉德利之后是另一个小镇，之后是又一个小镇；终于在最后一个小镇时，萨拉高中毕业了，没有上大学的具体打算，再说了，她的父母本来也负担不起。现在她的牙齿已经矫正好了，牙套已经取掉；她似乎再也不爱出汗了，她胸部高耸，身段可爱，走在大街上，男人们都会回过头看，令艾米丽自惭形秽。艾米丽的牙齿依然有点龅牙，并且将永远无法矫正（她妈妈已经忘记了自己的承诺）；她长得又高又瘦，胸部很小。"你有种小马驹一样的优雅风度，亲爱的，"她妈妈安慰她说，"你将会**非常**有魅力。"

一九四〇年，她们搬回到纽约市，普奇为她们找了一处非同寻常的住所：华盛顿广场南边一座曾经气派不凡、如今已经破败陈旧的"大平层公寓"，有大窗户面朝着广场公园。租金远远超过普奇的承受能力，但是她就在别的开支上节省；她们再也不买新衣服，很多时候只吃意大利面。厨房和浴室里的装置都是锈迹斑斑的老古董，但是天花板却异乎寻常地高，参观者们都毫无例外地称赞这地方很有"特点"。这套房子在一楼，这意味着第五大道双层巴士上的乘客们在绕公园一圈向上城方向去的时候，可以看到房子的里面，而这在普奇看来似乎相当有范儿。

那一年，温德尔·L. 威尔基是共和党总统候选人，于是普奇把姑娘们送到上城一个叫美国威尔基联合俱乐部的全国总部去做志愿者。她认为这对艾米丽是有益的，艾米丽需要有些事情做；更重要的是，她认为这会给萨拉一个"认识人"的机会，她这样说的意思是指合适的年轻男士。萨拉十九岁了，自哈罗德·施耐德以来，她看上过的男孩子当中，还没有一个能叫普奇觉得合适的。

萨拉也确实在威尔基俱乐部认识了一些人；没几周之后，她就带回家一个叫做唐纳德·克莱伦的年轻人。他面色苍白，彬彬有礼，着装非常细致，以至于你看到他时首先注意到的就是他的衣装：一套白色细条纹西装，一件带天鹅绒领子的切斯特菲尔德大衣[1]，还有一顶黑色的圆顶窄边礼帽。这礼帽有点古怪——已经不流行很多年了——但是他戴着给人一种威风凛凛的架势，让人觉得这种时尚可能会回归。他说话同样谨小慎微，像极了他过分讲究的穿着：他不说"像那种事"，而总是说"具有那种性质的事情"。

"你究竟看上唐纳德哪儿了？"艾米丽问。

"他非常成熟，非常善解人意，"萨拉说，"而且他非常——我不知道，我就是喜欢他。"她顿了顿，垂下双目，仿佛特写镜头中的电影明星那样，"我想我可能爱上了他。"

普奇也挺喜欢他的，起初的时候——萨拉有这样一位贴心的追求者是再好不过了——而当他们正式请求她同意他们订婚时，她哭了几声，但没有做出任何反对。

提出反对意见的是沃尔特·格莱姆斯，是在订婚已经成为既成事实之后才给他消息的，他提出了各种各样的疑问。这个唐纳德·克莱伦究竟何许人也？如果他真像他说的那样是二十七岁，那么在加入威尔基的竞选阵营之前，他是做的哪一行哪一业？如果他接受过良好的教育，就像他日常举止中显示的那样，那他上的是哪所大学？还有，他是哪里人？

"你为什么不直接问他呢，沃尔特？"

"我不想在午餐的饭桌上拷问这个孩子，还当着萨拉的面；我想你可能知道这些问题的答案。"

"哦。"

1　切斯特菲尔德大衣是男式大衣的一种经典款式，通常是黑色或其他深色，长度齐膝盖部位。

"你是说你从来就没问过他这些事情？"

"嗯，他总是像很——没；我没问过。"

接下来就是几次气氛紧张的面谈，通常都是夜里很晚的时候，普奇熬夜等到他们回来之后，而艾米丽也会躲在客厅门外偷听。

"……唐纳德，有些事情，我还没有很清楚。你到底是哪里人呢？"

"我告诉过您的，格莱姆斯太太。我出生在本地的加登城，但是我父母搬过很多次家。我主要是在中西部长大。中西部许多不同的地方。爸爸去世后，我妈妈搬到了堪萨斯州的托皮卡；现在她在那儿安家了。"

"那你在哪儿上的大学？"

"我想我也告诉过您了，在我们第一次见面的时候。其实我没有上过大学；因为我们付不起学费。但是我很幸运在托皮卡的一家律师事务所找到了工作；再后来威尔基先生获得提名，我就为威尔基俱乐部工作了，直到现在被调到这里。"

"哦，我明白了。"

似乎那一夜就只能想到这些问题了，但还有别的问题。

"……唐纳德，倘若你只在那家律师事务所工作了三年，并且倘若你高中毕业后就一直在那儿，那你怎么能——"

"哦，不是高中一毕业就去那儿的，格莱姆斯太太。我起初还做过一些别的工作。建筑工作，繁重的体力活儿，类似那种性质的。能找到的活儿都干。我还要养活我妈妈，您明白的。"

"我明白。"

最终，威尔基选举失败之后，唐纳德在下城的一家经纪公司做一份微不足道的工作，而他也反复多次自相矛盾，暴露出他并不是二十七岁；他是二十一岁。一段时间来，他一直在虚报自己的年龄，因为他总是**觉得**自己比同龄人要大一些；威尔基俱乐部的每一个人都认为他是二十七岁，因而当他遇到萨拉时，他就很自然地说自己是"二十七岁"。难道格莱姆斯太太还不能理解这种言辞上的草率？难道萨拉也不能理解？

"那好吧，可是唐纳德，"普奇说，艾米丽也在竭力想听到谈话的每一个细节，"如果你不能在这事情上告诉我们实情，那我们还怎么相信你说的其他事情呢？"

"要怎么做您才能相信我呢？好吧，您知道我爱萨拉，并且您也知道我在经纪事业上有美好的前景——"

"可我们怎么能知道？不，唐纳德，这样可不行。这完全不行的……"

等他们声音歇下来之后，艾米丽冒险朝客厅里偷偷瞄了一眼。普奇看起来浑身正气，萨拉倍受打击；唐纳德·克莱伦则独坐一旁，双手捧着脑袋。他那搽过发油、精心梳理过的头发位于头顶处有一道微微的隆起，显现出他圆顶窄边礼帽压出来的痕迹。

萨拉再没有把他带回家里来，但是一周中她还是会去见他几次，跟他一起出去。她看过的所有电影中的女主角都表明，她只能这样做；再说了，她已经向很多人介绍说他是"我的未婚夫"，他们会怎么想呢？

"……他是个骗子，"普奇会大声吼她，"他是个小孩子！我们甚至不知道他是**什么人**！"

"我不**在乎**，"萨拉会大声反驳，"我爱唐纳德，我要嫁给他！"

这让普奇无计可施，只能拍着手大哭。这些吵架通常会以她们二人在这散发霉味的气派公寓的不同地方嚎啕大哭而终结，而艾米丽则会一边听，一边吸吮她的指关节。

但是随着新年的到来，一切都变了：楼上搬来一户人家，而普奇立即发现他们很有趣。他们姓威尔逊，是一对中年夫妇，有一个已经成年的儿子，他们是英国的战争难民。他们经历了伦敦大轰炸（杰弗里·威尔逊过于内敛，不愿多讲此事，但是他太太埃德娜会谈论那些恐怖的事情），他们逃到这个国家时，只带了些身上的衣服和手提箱里能放下的一点东西。这就是普奇一开始了解的关于这家人的情况，不过她有心多在信箱附近逗留，希望能和他们有进一步交流，果然不久之后，她就掌握了更多的情况。

"威尔逊一家根本不是英国人，"她告诉女儿们，"从他们的口音上，你永远也猜不到的，可他们是美国人。杰弗里是纽约人——他来自纽约的一个古老家族——埃德娜来自波士顿的泰特家族。他们很多年前因为做生意去了英国——他是一家美国公司派驻英国的代表——托尼就出生在那儿，上的是一所英国公学。那是英国人对他们私立寄宿制学校的称呼，你们知道的。我通过他那种令人喜欢的讲话方式，就能知道他上过英国公学——他说'我说'、'哦，糟糕'等这类的话。再怎么说，他们都是很了不起的人。你和他们说过话吗，萨拉？还有你，艾美？我知道你们俩都会喜欢他们。他们很有——我说不上来，很有了不起的**英国味儿**。"

萨拉尽量耐住性子听，但她并不感兴趣。她与唐纳德·克莱伦订婚导致的压力开始显现：她脸色极其苍白，明显瘦了。通过威尔基竞选阵营的人介绍，她在联合援华办公室找到了一份工作，只领一份象征性的工资；她被称作初进社交界少女委员会主席，普奇很喜欢这个头衔，而萨拉的工作就是管理那些富有人家的女孩，她们志愿沿着第五大道募捐，用分分角角的硬币帮助中国民众抗击日本人。这份工作不辛苦，但是她每晚回家都疲惫不堪，有时甚至会累得不愿与唐纳德出去，于是她很多的时候都会沉思默想，而普奇和艾米丽都拿她没办法。

后来那一幕发生了。一天早上，年轻的托尼·威尔逊急匆匆地下楼，那双精美的英国鞋子几乎都不碰那些翘曲变形的梯级，就在这时，萨拉从家里出来进到门厅，他们差点撞上了。

"不好意思。"她说。

"是**我**不好意思。您就是格莱姆斯小姐吧？"

"是的，你是——"

"托尼·威尔逊。我住在楼上。"

他们的交谈不可能超过三四分钟的，然后他会再一次说声对不起，就出门去了，但是它却足以让萨拉梦游般走回家中，甚至任由自己上班迟到。初进社交界的少女们和中国的民众还可以等等的。"哦，艾美，"她说，"你**见**过他吗？"

"我只是偶尔在门厅里与他擦肩而过。"

"好吧，他是不是蛮酷的？他是不是差不多是那种最——你见过的最漂亮的人——"

这时普奇进了客厅，她眼睛瞪得老大，不太确信的嘴边还闪着早餐培根的油渍的亮光。"谁？"她问，"你是说托尼吗？哦，我太开心了；我就知道你会喜欢他的，亲爱的。"

萨拉不得不坐到她们那张生了蛀虫的安乐椅上喘口气。"哦，普奇，"她说，"他看起来——他看起来就像劳伦斯·奥利佛[1]。"

的确如此，尽管艾米丽此前没有想到过。托尼·威尔逊中等身材，肩膀宽阔，体型健美；他那褐色的波浪形卷发不经意地掠过前额，梳理至耳后；他的嘴形饱满，风趣幽默，眼睛看似总是在因为某个精致的、秘不示人的笑话而发笑，而如果你和他更加熟悉之后，他或许会把那个笑话告诉你。他二十三岁。

仅仅几天之后，他就来敲门，问是否有幸邀请萨拉最近哪天晚上一起共进晚餐，那唐纳德·克莱伦的故事就此结束。

托尼并没有很多钱——"我是个工人。"他说，那是说他在长岛一家大型的海军飞机制造厂工作，而且非常有可能是从事某种绝密性质的工作——但是他却有一辆一九二九年出厂的奥兹莫比尔牌敞篷轿车，开起来很有范儿。他会开车带萨拉去长岛或者康涅狄格州或者新泽西州的很远的地方，他们会在那儿共进晚餐，萨拉总是说那些餐馆是"了不起的"，之后他们总是能及时赶回来在一个叫阿纳托尔的"了不起的"酒吧里喝一杯，那是托尼早前在上东区发现的。

"喏，这个年轻人是完全另一个样子啦，"沃尔特·格莱姆斯在电话里说，"我喜欢他，你不喜欢他是不可能的……"

"我们两家的年轻人似乎相处得相当不错呢，格莱姆斯太太，"一天下午杰弗里·威尔逊说，他太太站在一旁微笑，"或许我们应该进一步认识认识。"

艾米丽从前就经常看见她妈妈跟男人调情，但是还从没见过像

---

1 Laurence Olivier（1907—1989），英国知名演员、导演、制片人。

她与杰弗里·威尔逊这般地毫不掩饰。"哦，这太奇妙了！"在他每一次小小的风趣话之后她都会如此地叫喊感叹，然后变成由喉咙深处发出的一阵阵响亮的大笑，同时她会用中指风情万种地抵着上嘴唇，以掩饰她牙龈在萎缩、牙齿在坏掉的事实。

艾米丽认为这个男人是挺风趣的——她断定，这与其说是因为他说话的内容，毋宁说是因为他说话的方式——但普奇的热情奔放令她感到尴尬。除此之外，杰弗里·威尔逊的幽默有点更多依赖于他奇怪的讲述形式，他浓重的英国口音似乎由于他的口吃而加重了效果：他说话的时候仿佛嘴里含了一枚台球。他妻子埃德娜很受人喜欢，身材丰满，能喝大量的雪利酒。

艾米丽的妈妈在下午或晚上与威尔逊一家聊天的时候总会拉上艾米丽——他们谈笑风生时，她会安静地坐在一旁，小口地咬吃咸味饼干——可她更愿意能和萨拉、托尼一起出去，坐在那辆豪华的旧车上，头发在空中飞舞，别有一番魅力，和他们一起沿着静寂无人的沙滩漫步，然后在午夜时分返回曼哈顿，坐在阿纳托尔酒吧他们专属的小隔间里，听着钢琴手弹奏他们点的歌曲。

"你和托尼有你们共同的歌曲吗？"她问萨拉。

"歌曲？"萨拉在给指甲涂色，她正忙着呢，因为托尼再过十五分钟就会来接她，"嗯，托尼喜欢《心驰神往》，但我有点喜欢《你就是一切》。"

"哦，"艾米丽说，现在她开始有音乐来伴随她的胡思乱想了，"好吧，它们都是好歌。"

"你可知道我们会做什么吗？"

"做什么？"

"嗯，我们在喝第一杯酒的时候会相互勾着对方的胳膊，就像这样——过来，我演示给你看。小心我的指甲。"于是她把手腕穿过艾米丽弯曲的臂弯，然后把想象中的酒杯送到自己嘴边，"就像这样。是不是很妙啊？"

　　的确很妙。萨拉和托尼的罗曼史中的一切都几乎美妙得让人无法招架。

　　"萨拉？"

　　"嗯？"

　　"如果他对你提要求，你会对他百依百顺吗？"

　　"你是说在我们结婚之前吗？哦，艾米丽，别犯傻了。"

　　因此，这可不像她之前读过的那些浪漫故事那么深入彻底，但是即便如此，它还是非常非常地美妙。那天晚上，艾米丽在水汽氤氲的浴缸里躺了许久，当她走出来擦干身体、浴缸里的水慢慢流走时，她全身赤裸地站在镜子前。她的乳房太可怜兮兮了，于是她就集中注意力欣赏自己美丽的肩膀和脖子。她微微地噘起嘴唇，然后再分开，就像电影里女孩子准备被亲吻时那样。

　　"哦，你很可爱，"一个带英国口音的年轻男子的幻影说，恰好位于画面之外，"我一直想要说这句话，已经有好多天、好多个星期了，而现在我必须要说出来：我爱的是你，艾米丽。"

　　"我也爱你，托尼。"她呢喃道，她的乳头开始变硬，自动挺了起来。后院的某个地方，一支小管弦乐队在演奏《你就是一切》。

　　"我想抱着你。哦，让我抱着你，将永不放开你。"

　　"哦，"她低语，"哦，托尼。"

　　"我需要你，艾米丽。你会——你会对我百依百顺吗？"

"是的。哦，是的，托尼，我会的。我会……"

"艾美？"她妈妈在锁住的门外喊道，"你已经在浴室里待了一个多小时了。你在里面干什么？"

复活节的时候，萨拉的老板借给她一套昂贵的重磅真丝衣裙，说那是抗日战争前中国贵妇人的一种典型服装样式，还有一顶用麦秸密编的宽边草帽。她的任务是融入第五大道上的时髦人群，并由一位摄影师为她拍照，是来自公关部的一位摄影师。

"哦，你看起来美艳绝伦，亲爱的，"复活节当天早上普奇说，"我从没见过你这么漂亮。"

可是萨拉却紧蹙眉头，那使她更加漂亮了。"我不**在乎**这傻乎乎的复活节游行，"她说，"托尼和我计划今天一起开车去阿莫甘塞特呢。"

"哦，求你了，"普奇说，"只不过一两个小时啦；托尼不会介意的。"

后来，托尼进来了："哦，让我看看。美极了。"把萨拉左看右看打量很久之后，他说："听着，我有一个主意。等我五分钟好吗？"

她们就听到他冲上楼去，似乎整栋老楼都在颤动，等他重新回来时，他穿着一件英式常燕尾服，还配上了顺滑的宽边领结、鸽子灰的背心和条纹长裤。

"哦，托尼。"萨拉说。

"还需要熨一下，"说着他转了一圈，一甩衣袖，让她们欣赏，"还真应该有一顶灰色的大礼帽，不过我想这样可以了。准备好了吗？"

艾米丽和普奇在窗边注视着，只见那辆敞篷车慢慢地向着上城方向驶去——托尼扶着方向盘，微微侧过头冲她们一笑，而萨拉则一只手扶着帽子，另一只手在向她们挥舞——然后他们就不见了。

公关部摄影师很好地完成了他的任务，《纽约时报》的照相制版部的编辑也一样出色。下一个星期天，照片登出来了，在一整版的照片中，其他照片都不那么惹人瞩目。相机捕捉到了萨拉和托尼彼此相视而笑的那一幕，完美展现了四月的阳光下一对浪漫恋人的真切灵魂，在他们身后，刚好能看见成群的树木和广场大酒店高耸的一角。

"我可以从办公室拿到八英寸乘十英寸的光面照片。"萨拉说。

"哦，好极了，"普奇说，"能拿多少就拿多少。我们也要去多买些报纸。艾美？从我的钱包里拿些钱。快去报摊那里再买四份报纸。买六份吧。"

"我拿不了那么多的。"

"你当然可以的。"

不管艾米丽出门时恼怒与否，她还是知道尽可能多买几份报纸有多么的重要。这是一张可以被装裱起来摆进相框永远珍藏的照片。

第三章

　　一九四一年秋天他们结婚了，在普奇挑选的一座小小的新教圣公会教堂。艾米丽认为婚礼挺好的，只除了她不得不穿的伴娘礼服似乎存心要人们注意她小小的乳房，还有就是她妈妈在婚礼上从头哭到尾。普奇在自己的礼服和奢华的小帽子上花掉许多钱，两件衣服都是那种叫"萌女粉"的新色调，而她一连许多天都给人讲那同一个蹩脚的笑话，逮着谁只要愿意听就行。**"这个登在报纸上会是什么样?"** 她一遍又一遍地问，用中指抵着她的上唇，**"新娘的妈妈竟然穿萌女粉色!"** 她在婚宴上也喝得太多了，等到要她和杰弗里·威尔逊一起跳舞时，她一番挤眉弄眼，像梦中人一样靠到他的臂弯中，仿佛不是他的儿子，而是他长得像劳伦斯·奥利弗似的。他显然很尴尬，尽量放松搂着她背部的手，但是她却像一只鼻涕虫一样黏着他不放。

　　沃尔特·格莱姆斯在婚礼上多半时候都独自一个人待着；他站在那里慢慢地品尝手上的苏格兰威士忌，无论何时萨拉朝他微笑，他都随时微笑着回应。

萨拉和托尼去科德角旅行了一周，而艾米丽躺在家里为他们牵肠挂肚。（要是萨拉太紧张第一次做不好该怎么办？而如果第一次没做好，那在等着想再试一次的时候可能会聊些什么呢？而如果这变成一个折磨人的事情，那不把一切都搞砸了吗？）之后他们就搬进了一套普奇形容的"可怜的小公寓"，邻近马格南飞机制造厂。

　　"不过那只是临时的，"她会在电话中对她的朋友们说，"过上几个月，他们就会搬进威尔逊家的庄园。我告诉过你威尔逊家的庄园吗？"

　　杰弗里·威尔逊从他父亲那里继承了八英亩土地，位于长岛北岸的一个小村庄圣查尔斯。那地方有一栋有十四个房间的主屋（普奇总是描绘它是"一座了不得的老房子"，尽管她还没有见过）；来年，等目前的房屋租期一到，杰弗里和埃德娜就搬过去住。那片地产上还有一座单独的小屋，给托尼和萨拉住是再好没有了；这听起来不像是一个理想的安排吗？

　　普奇整个冬天一直在讲威尔逊庄园的事，以至于她几乎一点都没有意识到战争已经开始了，但艾米丽脑子里全都是战争，别的几乎什么都不想。托尼毕竟是一个美国公民；他很有可能被招去当兵，接受训练，派去某个地方，然后他那英俊的脑袋会被炸掉。

　　"托尼说丝毫不用担心，"一天，当艾米丽和普奇去拜访那座"可怜的"公寓时，萨拉安慰她，"即使他真的被征召入伍了，他也非常确信马格南工厂的高层会设法把他作为入伍的海军人员安排回工厂。因为托尼不仅仅是在马格南工厂工作，他实际上是一名工程师。他在英国的一家工程公司做过将近三年的学徒——他们那里就是这么做的，你们知道的，他们采取学徒制而不是工程学校——

马格南工厂的人都知道这一点。他是一个宝贵的人才。"

那天下午他从工厂回家时，看上去并不像非常宝贵。他穿着绿色工作服，在左胸口的位置别着一块员工牌，腋下夹着他的马口铁午餐盒，可是尽管是这身着装，他还是浑身散发着旧时的优雅活力和魅力。也许萨拉是对的。

"我说，"他说，"你们要不跟我们一起喝一杯？"

他和萨拉在沙发上坐下，紧贴在一起，然后认认真真地履行阿纳托尔酒吧的仪式，缠绕着胳膊喝下第一口交杯酒。

"你们总是这样吗？"艾米丽问道。

"总是。"萨拉说。

那年春天，艾米丽获得了巴纳德学院的全额奖学金。

"太了不起啦！"普奇说，"哦，亲爱的，我真为你骄傲。你想想：你将成为我们家第一个上大学的人。"

"除了爸爸吗，你是说？"

"哦。嗯，是的，我想是这样的；但我是说**我们**家。再怎么说，这都太棒了。告诉你我们要干什么吧。我们马上给萨拉打电话告诉她，然后你和我都好好打扮一下，出去庆祝一番。"

她们的确给萨拉打了电话——她说她非常高兴——然后艾米丽说："我现在要给爸爸打电话了，好吗？"

"哦，好的，那当然，如果你想打的话。"

"……全奖？"他说，"哇，你一定彻底镇住了那些人……"

她约好第二天跟爸爸一起吃午饭，在市政厅附近一家他喜欢的阴暗的地下室餐厅。

她先到的，就在衣帽间附近等他，当他穿着一件不大干净的雨衣、沿着台阶走下来的时候，她觉得他老得令人吃惊。

"哈喽，宝贝，"他说，"我的天哪，你长这么高了已经。我们要一个两人小隔间，乔治。"

"好嘞，格莱姆斯先生。"

或许他仅是一个处理稿件的人，但是服务员领班还是知道他的名字。服务员也认识他——知道他喜欢哪种威士忌并拿来摆在他面前。

"巴纳德的事情真是太好了，"他说，"这是我许久以来听到的最好的消息，久得我都不知道到底有多久了。"然后他咳嗽起来，忙说了声"对不起"。

酒精使他容光焕发起来——他的眼睛放着光，嘴巴也愉快地绷紧了——还在饭菜送到之前又喝了一杯。

"你是拿奖学金读了锡拉丘兹大学吗，爸爸？"她问，"还是你自己付的学费？"

他看起来一脸茫然。"'读了锡拉丘兹大学'？亲爱的，我没有'读完'。我只在锡拉丘兹上了一年，之后我就开始去那边的市报社工作了。"

"哦。"

"你是说你认为我是大学毕业生？你从哪里听说的？你妈妈？"

"我想是的。"

"好吧，你妈妈总有自己一套处理消息的方法。"

他没有吃完他的午饭，咖啡上来时他只瞟了一眼，似乎那对他也没有吸引力。"真希望萨拉已经上过大学了，"他说，"当然她有一桩幸福的婚姻挺好的，而即便这样，还是应该上。教育是一件了不起的事情。"然后他又一次咳嗽起来。他不得不扭过头避开桌子，用手帕掩住口鼻，在他一而再再而三地咳嗽时，太阳穴上鼓起了一道小小的青筋。这阵咳嗽过去之后，或者说几乎过去了，他伸手拿过水杯喝了一小口。这似乎对他有一些帮助——他能深深地呼吸几口气——但是之后他的呼吸卡住了，再次咳嗽起来。

"你一定感冒很严重吧。"当他恢复过来后她说。

"哦，只是微微有点感冒；主要是抽这烂烟的原因。你知道吗？二十年后香烟将是违法的。到时候人们只有从走私犯那里才能买到烟，就像禁酒时期我们偷偷买酒一样。你想过要读什么专业吗？"

"英语，我想。"

"挺好。你将会读很多好书。哦，你也会读到一些不大好的书，但是你将学会鉴别它们。这整整四年，你可以遨游在思想的世界里，不用考虑各种琐碎之事，比如日常现实生活中的各种需求——这正是上大学的美妙之处。你想来一点甜点吗，小兔子？"

那天回家之后，她想过用锡拉丘兹的事情来怼她妈妈，但她想了想最终放弃了。要想改变普奇，一点希望都没有。

看似同样没有任何希望改变的是，萨拉结婚离家之后她和母亲一起消磨晚上时光的方式。威尔逊夫妇偶尔会邀请她们上楼去，或者他们会到楼下来；更多的时候，她们二人会坐在客厅里看杂志，汽车和第五大道上的巴士从她们的窗外隆隆地驶过。她们中的一个或者另一个或许会吃下一碟子的奶油软糖，那更多是为了消磨时光，而不是为了满足任何真正的爱好，而星期天，收音机里会有一些不错的节目，但是大多数时间她们都无所事事，仿佛她们没有任何事情可做，除了盼着电话铃响。还有什么能比这更不靠谱呢？谁会想到打电话给一个上了年纪、长着一口烂牙的离婚妇女，或者是一个其貌不扬、身材瘦削，整天里闷闷不乐、自怨自怜的女孩子？

一天晚上，艾米丽盯着正在翻阅杂志的妈妈看了半个小时。普奇为了更容易翻页，会慢慢地、心不在焉地用大拇指在湿润润的下嘴唇上抹一下，然后用那只大拇指抹一下每一页的右下角；这一来，每一页的页角都起了皱，还微微染上点儿口红。那天晚上，她还吃过奶油软糖，这就意味着那些书页上不仅有她的口红，还有奶油软糖的痕迹。艾米丽发现，自己盯着普奇看的过程中想不咬紧牙关是不可能的。它还让她头皮发麻，让她在椅子里心神不宁。她站了起来。

"我想我要去看电影，"她说，"第八街游乐场应该有很好看的电影。"

"哦。嗯，好的，亲爱的，如果你想去的话。"

她逃进浴室梳好头发，然后就从屋子里解脱出来，走进华盛顿广场，一边深深地呼吸温馨的空气，一边对自己这个灵机一动，还有她几乎全新的黄裙子感到有些小小的但却实实在在的骄傲。天刚黑不久，公园里的灯在树木间放射着光芒。

"打扰一下，小姐，"在她旁边走着的一个高个子士兵说，"可以告诉我尼克酒吧怎么走吗？一个有爵士乐表演的地方。"

她一脸茫然地站住了。"嗯，我知道那地方——我是说我去过几次——但是要告诉你从这儿怎么到那里去可有点儿难。我想最好是顺着韦弗利街走到第六大道，不，第七大道，然后向左拐——我是说右——然后再往下城方向走四五个——不，等等；你最快的方式应该是顺着第八街走到格林尼治大道；那你就会……"

她一个劲地说着，挥舞双手指点着并不准确的方向，他只是站着，笑盈盈地耐心看着她。他是一个平平常常的小伙子，目光和善，而他穿着那套淡褐色的夏季制服，看上去非常矫健。

"谢谢，"等她说完后他说道，"可我有一个更好的主意。你觉得乘第五大道的巴士走一程怎么样？"

此前，踏上一辆敞顶双层巴士那陡峭、弯曲的楼梯从没有看似是一场危机四伏的冒险的开始，而它也从没有令她意识到自己的心在怦怦直跳。当他们坐车经过她家门前时，她躲在扶手后面，扭过脸去，以防普奇正巧向窗外看。

幸运的是那个士兵在一直说个不停。他的名字叫沃伦·马多克或沃特·马多克斯——她后面得问问他清楚。他在度一个三天的假期，是从南卡罗来纳州克罗夫特营地来的，他已经在那里完成步兵训练，不久就要被"派往某个分支部队"，管它意味着什么呢。他的家乡是威斯康星州的一个小镇；他是四个兄弟中最大的，父亲做屋顶修缮生意。这是他第一次到纽约。

"你从小就住在这里吗，艾米丽？"

"不；我多半时候是住在郊区。"

"我明白了。一个人一辈子都住在这里一定很可笑，永远没有机会出去跑一跑或者什么的。我是说，这是一个伟大的城市，不要误会我；我只是说我觉得乡村更适合人成长。你在上高中吗？"

"不。我秋天就要去上巴纳德学院了。"过了一会儿她补充道，"我拿到了那里的奖学金。"

"奖学金！嘿，你肯定很聪明。跟你这样的女孩儿在一起我一定要当心。"说着他把手从座位的木头椅背上滑下来搂住她的肩膀；他一边说，一边用他大大的大拇指揉搓她锁骨旁的肌肉。

"你爸爸是干什么工作的？"

"他在报社工作。"

"哦是吗？就在前面那栋帝国大厦上面吗？"

"是的。"

"我想也是。挺有趣，我在照片上看见过它，但是你不可能真正搞清楚它到底有多大。你的头发很漂亮，艾米丽。我还从来没有这样喜欢过一个女孩儿的卷发；直发要好看许多……"

在四十二街往上的某个地方他吻了她。这不是她第一次被亲吻——甚至不是第一次在第五大道巴士上被亲吻；在高中时有过一个男生已经这般勇敢过——但却是她第一次被如此这般地亲吻。

在五十九街他嘀咕说："我们去走走吧。"然后扶着她走下隆隆作响的梯级；接着他们就来到了中央公园，他依然用胳膊搂着她。公园的这一带有很多士兵和女孩儿缠在一起：他们有的坐在长凳上相拥而吻，有的三五成群或成双成对，互相挽着胳膊散步。有一些散步的女孩儿会把她们的手指插进身旁士兵裤子后面的口袋里；其他一些女孩儿手放的位置更高些，搂在他们胸膛下面一点的地方。她在想自己是否应该用胳膊挽着马多克或者马多克斯，但是就他们认识的程度来看，那似乎太早了点。即便如此，她还是吻了他："早"或者"晚"，这说来能有多要紧？

他仍然在说话。"不，但是这很有意思：有时候你遇到一个女孩儿，却似乎话不投机；有些时候则情投意合。比如，我仅仅认识你差不多半小时，而我们现在已经是老朋友……"

他引着她走到一条小路上，那里似乎没有灯光。他一边走，一边将他的手从她肩头向下落，从她的胳膊下方伸过去轻轻捧住她一侧的乳房。他的拇指开始抚摸她挺立的、格外敏感的乳头，这使她的膝盖发软，而她的手也自然而然搭到他的背上。

"……很多家伙只想从女孩子们身上搞到一样东西，尤其是他们当了兵之后；我对此不能理解。我喜欢去了解一个女孩——了解她全部的性格，你懂我的意思吧？你很好的，艾米丽；我一贯就喜欢瘦削的女孩儿——我是说你懂的，很苗条的女孩儿……"

直到她感到脚踩的是草和泥土的时候，她才意识到他们已经离开了小路。他正领着她穿过一块小小的草地，待到他们走到一棵沙沙作响的树下时，周围几乎一片漆黑，于是他们一起倒在草坪上，动作中没有丝毫的尴尬扭怩：它就如同舞池里的一套动作一样流畅，它就像他放在她乳头上的拇指发出的指令。转眼间，他们已经搂抱在一起亲吻；接着他的大手逐渐伸到她的大腿根上，口里说着："哦，让我，艾米丽，让我……没事的，我有些……就让我，艾米丽……"

她没有说好，但是也没有明确说不好。他所做的一切——甚至他帮她将她的底裤从一只脚上脱下来——似乎都是因为急需才发生的：她很无助，而他正在帮助她，世界上其他的一切都无关紧要了。

她想着会疼的，但还没来得及准备好，它就进去了——它让她大吃一惊——随之而来的是一阵又一阵的快感，不断增强着，直至带给她人世间一切的至乐迷狂，然后又渐渐减退、消失。他从她身体里滑出来，一只膝盖抵在她腿边的草地上，向一旁滚翻过去，一边喘着粗气；接着他翻回来，把她搂在怀里。"哦，"他说，"哦。"

他身上散发着新鲜的汗味和浆洗过的棉衣的味道，闻起来很舒服。

她觉得那儿疼，还湿漉漉的，觉得她可能在流血，但是最糟糕的是害怕他们竟找不到话聊天。你说过什么呢，在做过这事儿之后？当他们重新回到公园的路灯下时，她说："我裙子弄脏了吗？"他小心翼翼地戴好自己的船形软帽之后，才退后一步看了一眼。

"没呢，它挺好的，"他说，"甚至都没有沾到任何草渍。想去喝杯麦芽酒或什么吗？"

他带她坐上一辆出租车来到时代广场，他们在站立式柜台边喝了一大杯巧克力麦乳饮品，却一句话都没有说。在这东西下肚之后，她的胃似乎在抽缩——她知道她要恶心了——但她还是喝了下去，因为这要比两个人站在那儿一句话都不说要好些。等她喝完了，她的恶心变得更加强烈，她都不知道自己是否能在到家之前忍住不吐。

"好了吗？"他说，一边擦擦嘴，然后支起一只胳膊肘护着她走进人行道上拥挤的人群。"现在你告诉我你住在哪里，我来看看我们是否能坐地铁到那儿。"

经过他们身边的所有人都显得很古怪，像是发热烧糊涂的时候梦境中的人影：一个戴着眼镜、一脸淫笑的水手，一个穿紫色西装、喝得醉醺醺的黑人，一个背着四个油腻腻的购物袋、一路喃喃自语的老太太。街角上有一个公共的铁丝网垃圾篓，她跑了过去，刚好来得及。他跟在她身后想要抓住她的胳膊扶着她，但是她甩开了：她想独自一个人度过这凄惨狼狈的时刻。当一阵阵的呕吐过去，也不再干呕时，她从自己的包里摸出一些舒洁纸巾擦净嘴巴，但是她的喉咙和鼻子里仍充斥着浓浓的呕出来的巧克力麦芽饮品的味道。

"你还好吗，艾米丽？"他问，"要帮你弄杯水吗？"

"不，没关系的。我好好的。不好意思。"

在驶往下城的地铁上，他坐在那里看广告或是研究过道对面的乘客的脸孔，一言不发。她想到几个可供聊天的话题，可地铁的声音也太大了——他们必须得大声叫喊——不久，另一个更悲惨的想法出现在她的脑海中：既然她呕吐过，他可能就不会跟她亲吻道晚安了。下了地铁，新鲜的空气令人舒爽，但是他们的沉默还在继续，一路到华盛顿广场，到达公园里那个他们最初相遇的地方。

"你家在哪儿，艾米丽?"

"哦，你还是不要送我回家了。我们就在这里说再见吧。"

"你确定? 你一个人行吗?"

"当然。我蛮好的。"

"那好吧。"果不其然，他所做的只是紧紧地搂住她的胳膊，在她脸颊上轻轻吻了一下。"要保重啊。"他说。

直到回过头看到他已经走远时，她才意识到这件事错得多么离谱：他们甚至都没有交换地址，也没有答应说要写信；她甚至都不能确定他姓什么。

"艾美?"普奇在床上喊她，"电影怎么样?"

一周过后，早上十点钟的时候，电话铃响了，普奇接了起来。"……哦，是的，您好……他**什么**? 哦，天哪……什么时候? ……我知道了……天哪……哦，天哪……"

挂断电话之后她说："你爸爸今天早晨去世了，亲爱的。"

"他死了?"艾米丽跌坐在一把咯吱吱响的直背椅子上，双手垂到腿上，而她将一直牢记的是，听到这个消息的一刹那，她脑子里一片空白。

普奇又说了好几遍"天哪"，似乎在等待它被慢慢领会，然后她开始痛哭起来。等她的哭泣渐渐弱下来，她说："是肺炎。他已经病了好几周了，医生试图在家里给他治疗，但是你知道你爸爸他。"

"你是什么意思，我'知道'他什么？"

"我是说，**你**知道的；只要他待在自己的公寓里，他就会抽烟喝威士忌。然后终于他在昨天同意去医院，但是一切已经太晚了。"

"谁给你打的电话？医院？"

"哈蒙德太太。**你**知道的。艾琳·哈蒙德，你爸爸的朋友。"

但是艾米丽并不知道——她从来没有听说过艾琳·哈蒙德——然而现在她突然想到，艾琳·哈蒙德很可能不仅仅是朋友，要比朋友更进一步，于是她第一次感觉到了些什么。准确地说，那不是悲伤，更像是后悔。

"哦，我怎么敢打电话告诉萨拉呢，"普奇说，"她一直是你爸爸的宝贝。"

当她真的打电话给萨拉时，艾米丽仅仅凭借普奇说的最后几句就能断定，萨拉当即悲痛不已，而且痛彻肺腑。可是如果萨拉一向就是爸爸的小宝贝，那艾米丽又是谁的宝贝呢？

在殡仪馆，他们已经给沃尔特·格莱姆斯化过妆，使得他看上去比五十六岁的年龄年轻很多；他们把他脸颊和嘴唇化成了粉色，而艾米丽都不想多看他。但萨拉却俯下身子亲吻了尸体的前额；然后普奇亲吻了它的嘴唇，这让艾米丽浑身颤抖。

艾琳·哈蒙德出现了，是一个身材苗条、面容姣好的女人，四十几岁。"我听说过很多你们俩的事情。"她说，而当她跟托尼·威尔逊握手时她说她也听说过很多有关托尼的事情。然后她转过身对艾米丽说："我无法形容你爸爸对那奖学金是多么地开心。"

火葬场位于韦斯切斯特县的某地，他们坐着加长轿车，跟在灵车后面去了那里——萨拉和托尼坐在活动折叠座位上，普奇和艾米丽在后排。跟在他们后面的另一辆车上坐着艾琳·哈蒙德和沃尔特·格莱姆斯的几个亲戚，他们是从纽约州的上州赶过来的，再后面还跟着其他几辆车，里面是纽约《太阳报》的员工。

小教堂里的仪式并不很复杂。一架电子琴演奏了一下，一个满面倦容的男子读了几行不分教派的祈祷文，棺材被抬走，仪式结束了。

"等一下。"当大家一个接一个往外走时，萨拉说，然后她急匆匆返回自己的位置，径自蹲下来，最后一阵痛哭爆发出来。就仿佛她过去几天的哀痛远远没有表达到位——必得要她扭曲愁苦的脸最后再扭曲一回，她的肩膀最后再颤抖一下。

艾米丽至此还没有洒下过一滴眼泪。回城的一路上，这都在苦恼着她，她始终把一只手垫在脸颊与冰冷的、不停颤动的轿车车窗玻璃之间，仿佛这样会起点作用。她试着在心里悄声呼唤"爸爸"，试着闭上眼睛，想象他的脸庞，但依然不起作用。然后她想到了使她喉咙发紧的事情：她可能永远不是爸爸的宝贝，可是他过去总是喊她"小兔子"。此时，她轻而易举就哭出来了，引得她妈妈伸过手来攥紧她的手；唯一的问题是她无法确定她是在为她爸爸哭，还是为沃伦·马多克或马多克斯哭，他现在已经返回南卡罗来纳，正要被送往某个分支部队。

可当她意识到即便这样它还是一个谎言时，她陡然就止住了哭泣：这些眼泪，就像她之前这一生一贯的那样，全都是为她自己而流——为了可怜而敏感的艾米丽·格莱姆斯，谁都不了解她，而她也什么都不了解。

第四章

　　萨拉三年里生了三个儿子，而艾米丽总能记住他们的岁数，她的方法是这样去想：小托尼是我大学新生那一年生的；彼得是我大二那年；生埃里克时我大三。

　　"噢亲爱的，瞧他们养孩子的架势，"普奇在听到萨拉怀上第三个孩子时说，"我以为只有意大利**农民**才这样生孩子呢。"

　　第三次怀孕结果也是最后一次怀孕——这一家就三个男孩子——普奇总设法暗示，略带几分沮丧地翻翻眼珠子，三个孩子足够了。

　　甚至萨拉头一次怀孕的消息都似乎令她沮丧。"嗯，**当然**我很开心的，"她对艾米丽说，"只是萨拉实在太小了。"普奇已经放弃了在华盛顿广场的住所；她在格林尼治村的一家房产交易公司找到一份普普通通的工作，并搬到哈德逊街旁边的一间不带电梯的公寓房。艾米丽从巴纳德学院回来，和她一起度一个周末，普奇正在做沙丁鱼三明治当午餐。她伸出两根手指抠出罐子里最后一片油滋滋的沙丁鱼。"再说了，"她说，舔舔那两根手指头，"再说了，你能想象出我是当上外婆的人吗？"

艾米丽想说我甚至都没法想象你是个妈妈呢，但是她克制住了自己。在这些个周末，重要的事情是度过去；明天她们就将一起到长岛的圣查尔斯去，这可是艾米丽第一次去拜访威尔逊庄园。

"**多远**来着，你说？"

"噢，我忘记具体的英里数了，"普奇说，"但坐火车只几小时就到了。要是你带点东西路上读，那绝对是一次十分愉快的旅行。"

艾米丽随身带了一本她大一的英语课本，但是还没等她开始看，乘务员就来检查她们的车票，并说了句："在牙买克[1]换乘。"

"他说什么？"

"坐去圣查尔斯火车，你必须在牙买克站换乘，"普奇解释道，"不用等很久的。"

事实恰恰相反：她们在刮着大风的牙买加站台上站了半小时，那趟火车才哐当哐当地开过来，而这还只是这趟旅程的开始。是所有的长岛火车都这般吵闹、肮脏，亟须修理，还是只有开往圣查尔斯的才这样？

她们终于在那座迷你车站下了车，普奇说："这儿没有出租车，当然啦，因为在战时啊，不过也只要走一小段就行了。这些树漂不漂亮？闻闻这新鲜的空气！"

在圣查尔斯那条短短的主街上，她们走过一家卖酒的商店和一家五金店，还有一家脏兮兮的小铺子，出售"血虫和沙虫"；然后

---

1 检票员带有口音，把牙买加站说成了牙买克，所以艾米丽一开始没听明白。

她们就来到一条乡间道路，艾米丽一边走，那双船形高跟鞋的后跟一边不停地歪来歪去。"还很远吗？"她问。

"就在下一片田那边。然后我们会路过一片林地，那已经是田庄的一部分，然后我们就到了。我都要醉倒了，这一切多漂亮啊。"

艾米丽愿意承认这地方的确挺好。杂草丛生，但是挺好。一条车道从主路伸出去，进入树林和高高的、窸窸窣窣的树篱；走到那个岔路口时，普奇说："主屋就在那儿呢——现在只能看见房子的一角，但马上我们就能看到全部了——萨拉的小屋是在这边。"

这是一栋有白色护墙板的平房，带一块小草坪，萨拉走到草坪上来迎接她们。"嗨，"她说，"欢迎来到小熊维尼角之屋。"她说话的样子像是排练过的，而她的衣着也表明是精心准备过的：明亮、清新的孕妇装，很可能是专门为这个场合买的。她看上去很可爱。

她提供的午餐不够吃，几乎和普奇平时的任意一顿饭一个样；之后的问题是，谈话老是会冷场。萨拉想要听有关巴纳德的"一切"，但当艾米丽开始说的时候，她却发现姐姐双眼目光呆滞，露出强颜欢笑的倦意。普奇说："这真好，是不是？就我们三个团聚到一起？"但根本并非是真的非常开心，那个下午的大部分时间里，她们都坐在稀稀落落只有几件家具的客厅里，摆出一副挤出来的欢喜的样子，普奇抽了很多支烟并把烟灰抖落在地毯上，三个女人彼此都没有太多话要说。马格南海军战斗机各种战斗姿势的彩色插画占据了一面墙；另一面墙上则挂着装裱好的托尼和萨拉在复活节拍的那张照片。

杰弗里·威尔逊邀请她们去主屋喝一杯，而普奇一直留意着墙上的钟：她不想去迟了。

"你们俩去吧，"萨拉说，"如果托尼准时回家的话，我们会一起过来，但他很可能不会准时的；他最近一直都加班很久。"

因此她们俩去了主屋，没带萨拉。这也是间带白色护墙板的房子，它又长又丑——有些地方三层，另外的地方两层，黑色的尖角形房顶伸进了树枝间。一走进房子霉味就扑面而来。这股霉味从门厅的棕褐色油画上渗透出来，从长长的、光线暗淡的客厅那吱呀作响的地板和地毯和墙壁和寒碜的家具中渗透出来。

"……这是间老房子，"杰弗里·威尔逊说边倒了一杯威士忌给普奇，"它太大了，没有仆人根本照应不过来，不过我们在尽力对付。你也要一杯苏格兰威士忌吗，艾米丽，或者和埃德娜一样来杯雪利酒？"

"就雪利酒吧。"

"而最糟的问题是供暖，"他接着说，"我父亲建造它是把这当作消暑的地方，你们知道的，因而没有装应配的供暖系统。有过一个租客确实在房子里装了个燃油炉，看起来**紧紧巴巴**够用，不过我想我们今年冬天将不得不把大部分房间的取暖器关掉。来，干杯。"

"**我**想这是座**迷人的**房子，"普奇边说边坐下来享受她的鸡尾酒时光，"我听不得说它一个字的坏话。看啊，艾美，看见那些可爱的旧肖像画了吗？他们是杰弗里的一些祖先。这房间里的每一件东西都有自己的故事吧。"

"大部分都是些很无聊的故事，我想。"杰弗里·威尔逊说。

"令人着迷的故事，"她坚持道，"哦，杰弗里，我简直没法告诉你我已经多么地喜欢这儿啦——那片可爱的草坪和林地，还有萨拉的小屋，还有这了不起的老房子。它有一种——我说不上来；有种范儿。它有名字吗？"

"名字？"

"你知道的，庄园都有名字。比如'贾尔纳'，或者'绿山墙'[1]。"

杰弗里·威尔逊假装思考了一番。"就它现在的样子看，"他说，"我想我们该把它叫作'杂草丛生的树篱'。"

普奇并没有意识到他是在开玩笑。"哦，**我喜欢**的，"她说，"不过不该叫'杂草丛生的树篱'，不是很准确。就叫"——她努努嘴唇——"就叫'大树篱'怎么样？"

"嗯，"他和善地说，"好的；相当不错。"

"不管怎样，**我**就打算这么叫它，"她宣布道，"'大树篱'，圣查尔斯，长岛，纽约。"

"嗨，"他转向艾米丽，"你觉得你的——大学生活怎么样？"

"噢，很——很有趣。"艾米丽呷了一口酒，往后一靠看着她妈妈买醉。她知道这不需要很久。等喝到第二杯的时候，普奇已经接管了话题，开始讲述她住过的那些房子的冗长无聊的轶闻，她身子向前弓着坐在软垫椅子里，胳膊肘分别支在略微分开的膝盖上。艾米丽坐在她对面，能看到她喝着说着，脸部逐渐松弛下来，膝盖越分越开，直到能看到她长袜被吊住的顶端部分，裸露的大腿那阴影里的松弛的内侧，最后还有她底裤的裆部。

"……不，但我住过的**最好的**房子在拉奇蒙特。还记得拉奇蒙特吗，亲爱的？我们有真正的平开窗和真正的石板屋顶；尽管我们

1　贾尔纳是加拿大女作家德·拉·罗奇（1879—1961）创作的系列小说中庄园的名字；绿山墙是加拿大女作家露西·莫德·蒙哥马利（1874—1942）创作的《绿山墙的安妮》系列小说中庄园的名字。

负担不起，但我一看见它，我就说，**这就是我想住的地方**，于是我立马进去签下租约，姑娘们十分喜欢它。我将永远不会忘记多么——哦，**谢谢**你，杰弗里；就这最后一杯了，然后我们真的要……"

为什么她就不能安安静静地喝醉酒算事呢，就像埃德娜·威尔逊那样把腿蜷缩在垫子上？

"再来点雪利酒，艾米丽？"

"不了，谢谢。我够了。"

"……当然，拉奇蒙特的学校都很了不起；这也是我希望我们能一直呆在那儿的原因；然而，我一直认为在不同的地方搬来搬去对姑娘们是大有好处的，而当然……"

到她终于准备着离开的时候，杰弗里·威尔逊不得不扶住她走到门口。天色已晚。艾米丽搀着她的胳膊——它摸上去软弱无力——她们艰难地穿过树林和杂草丛生的灌木丛，走在通往火车站那漫长的道路上。她知道普奇会在火车上睡着的——而且，她希望她能睡着；这比她醒着说个不停好多了——她们的晚餐，如果有的话，将会是在宾夕法尼亚火车站吃点热狗加咖啡。但她并不在意：周末即将过去，几小时后她将回到学校。

学校是她生活的中心。在来巴纳德之前她还从没听过有谁把"intellectual"[1]当名词用。她把这牢记在心。这是一个崭新的词语，是一个高贵的词语，一个意味着对崇高事物奉献终身和对凡俗之事冷漠蔑视的词语。一个知识分子可能会在公园里将童贞交给一个士

---

1 Intellectual 可以当形容词，也可以当名词用，分别有"智力的"、"智力发达的"和"知识分子"的意思。

兵，但她可能学会了以揶揄逗趣的超然态度来回望它。一个知识分子可能会有一个喝醉时露出底裤的妈妈，但她不会为这事烦恼。艾米丽·格莱姆斯可能还算不上一个知识分子，但如果她在即便是最枯燥乏味的课堂上也做好详尽的笔记，如果她夜夜不懈读书读到眼睛疼痛，那么成为一个知识分子只是时间问题。在她班上有一些女孩，甚至还有几个哥伦比亚大学的男孩，他们仅仅从她的谈吐就认为她已经是一个知识分子了。

"它不只是无聊之物，"她曾谈及一本十八世纪的无聊的小说，"它是一个**贻害无穷的**无聊之物。"并且她禁不住留意到，接下来几天里其他的女孩子在寝室里一张口就使用"贻害无穷的"这个词。

但成为一个知识分子要的可不止是说话的方式，甚至不止是每一学期都名列院长级优秀生名单，或者不止是将所有闲余时间都用在光顾博物馆、音乐会和那种被称为"影片"的电影上。你要学会在走进一个满是年高德劭的知识分子派对时，不被吓成哑巴——也不要犯截然相反的过错，叽叽喳喳说个不停，用一件又一件愚蠢或离谱的事情为两分钟前说过的无论什么愚蠢或离谱的事情做徒劳无益的弥补。如果你真的在派对上出尽了洋相，那你一定要学会事后不要在床上辗转反侧，沉湎于懊恼的痛苦中。

你不得不郑重其事，但是——这是一种令人发狂的悖论——你不得不看似对任何事情都若无其事。

"我认为你做得很好。"大二那年，一个衣冠不整的男子在一个派对上对她说。

"我什么？你是什么意思？"

"就刚才，在你和拉兹洛说话的时候。我在听呢。"

"和谁说话？"

"你竟然不知道他是谁？克利福德·拉兹洛，政治学家。他可是个老虎。"

"哦。"

"无论怎么说，你做得很好。你没有噤若寒蝉，也不咄咄逼人。"

"他只是个戴双光眼镜的滑稽小老头而已。"

"这很滑稽，"他晃动圆滚滚的肩膀，假装爆发出一阵哈哈大笑，"这真的很滑稽。一个戴双光眼镜的滑稽的小老头。我能请你喝一杯吗？"

"不了，实际上，我——嗯，好吧。"

他的名字叫安德鲁·克劳福德，他是哲学系的研究生助教。他讲话时湿洇洇的头发会垂下来遮在眼睛上，而她很想用自己的手指头把它们梳回到后面去。他实际上并不像他乍一看上去那么胖墩墩的；他有他自身的魅力，尤其是忙着讲话的时候，但他看上去好像应该再多花点时间在户外。等他取得博士学位了，他说，他会接着教书——"如果军队不召我去的话，而这个机会并不很大；我身体上是个废人。"——他也会去旅行。无论欧洲还剩下点什么，他都想要去看看，他还想去俄国，还有中国。世界将会以一种无法预见的方式彻底变造，而他不想错过任何一点的变化。尽管如此，最重要的，他想去教书。"我喜欢课堂，"他说，"我知道这听上去很无聊，但我喜欢学术生活。你是学什么的？"

"嗯，我只是个大二学生；我是英语系的，但我真的不——"

"真的？你看上去比那要大。我的意思是你看上去并不老，但你显得成熟。你走动的样子；你对付老拉兹洛的样子。我原本还想发誓说你肯定是个研究生。你有一种十分——我说不好。你看上去很自信。从一种褒义的方式，我的意思是：这些派对很快就会变得有些喧闹，你不觉得吗？人人都对着对方高喊，要比别人声音更大，人人都竭力打败别人。全都是自我，自我，自我。你准备再来一杯吗？"

"不了；我得走了。"

"你住哪儿？我送你回去。"

"不用，真的，我和别人一起的。"

"谁？"

"你应该不认识他；戴维·弗格森。他就在门口那边；高个子的那个。"

"他？但他差不多只十五岁呢。"

"胡扯吧。他二十一了。"

"那他为什么没去参军？像他这么魁梧的年轻人。"

"他膝盖有毛病。"

"'膝关节交锁症'，对吧？"安德鲁·克劳福德说，"'橄榄球员膝'。哦，是的，可爱的上帝，我知道这一套。"

"好吧，我不知道你在暗示什么，但我——"

"根本没有暗示什么。我从不暗示。我一贯想说什么就直说。"

"不管怎么说，我得走了。"

"等等，"他跟着她穿过人群，"我能什么时候给你打电话吗？能给我留个电话号码吗？"

她在写电话号码的时候，搞不懂自己为什么要这么做。拒绝安德鲁·克劳福德不应该是再容易不过的吗？可问题在于：这不可能容易的。他身上有某种东西——他的眼睛、嘴巴、他外形柔软的肩膀——在表明，如果你拒绝的话，他会毫无来由地受伤。

　　"谢谢你，"说着他把她的电话号码揣进自己的口袋，他看上去就像一个受到特别表扬的孩子那样高兴，"哦，谢谢你。"

　　"那个小肥仔是谁？"当他们出来走到街上时戴维·弗格森问她。

　　"我不认识。哲学系的一个研究生。准确来说我不会说他胖。"过了一会儿，她说，"可是，傲慢。"但随后她又陷入了困境：准确地说他也不能算傲慢。

　　"他肯定相中了你。"

　　"你对所有人都这么说。"

　　这是一个晴朗的夜晚，她享受着和戴维·弗格森的漫步。他亲密地搂着她，但不像有些男孩那样死搂着不放，几乎是不顾后果；他的双腿和她的大步完全步调一致，两人的后跟在街道上踏出清脆而激昂的节奏。

　　"我能上去吗？"他在门口问她。现在她在"官方认可的学生住所"里有一间自己的公寓；她已经让他"上来"过三四次，有两次他还呆了整整一夜。

　　"我想今晚不行，戴维，"她说，不敢正视他的眼睛，"我真的很——"

　　"怎么啦？你病了？"

　　"没有，只是我觉得太累了，我想马上就睡觉。明天我还有场该死的乔叟的考试。"

当她转身看见他穿着雨衣弓着腰回到人行道上时，她很纳闷自己为什么把他送走了。生活真令人费解啊。

艾米丽在大学里弄懂了一件令她苦恼的事，她感觉自己比姐姐更聪明。好几年前她就已经感觉自己比妈妈更聪明，但那是另一回事；当这发生在萨拉身上时，她觉得自己背叛了一种信任。

她开始发现这一点是在萨拉第二个孩子出生后不久，她和普奇去圣查尔斯的时候。当时小托尼已经能站了，一边淌着口水，一边抱着妈妈的腿，她们则凝视着婴儿床上那小小的新面孔。

"哦，我觉得彼得是个好名字，"普奇说，"你是对的，萨拉，他是不同凡响。他和小托尼完全不一样的性格。是吧，艾美？"

"嗯。"

探望结束了，婴儿们都睡着了，她们围坐在客厅，萨拉倒了三杯雪利酒。显然她是跟埃德娜·威尔逊那儿学会的。

"哦，坐下来的感觉真好啊。"她说，她的确看上去很疲惫；不过她一张口谈话就开始精神焕发了。有一些时候，尤其是有酒精在她血液里流淌时，萨拉几乎可以像普奇一样健谈。

"……八月份还是什么时候，就是意大利投降的时候，我忍不住想起了爸爸。你们那天看报纸了吗？那些标题？嗯，就是《新闻报》——那是我们唯一能够搞到的报纸；托尼喜欢它——《新闻报》的标题是'意大利停战了'；但是那天我恰好到村子里去了，所以我看见了所有的其他报纸。《时报》和《论坛报》写的是'意大利投降了'，或者类似的题目，其他大部分报纸也都这么说。但是你知道《太阳报》怎么说吗？爸爸的报纸？亲爱的老《太阳报》的标题是'意大利屈服了'。你能想象吗？你能想象**爸爸会**写出这样的标题，或者容许这样的标题被写出来吗？他死也不会的。我的意思是，"她紧接着补充道，"他绝不会允许这样的事发生。"她猛喝了一大口酒。

"我没听懂。"艾米丽说。

"哦，艾米丽，"萨拉说，"有多少人知道'屈服'是什么意思？"

"你知道它是什么意思吗？"

萨拉眨了眨眼。"好吧，但我的意思是有多少**其他**人知道？作为一家日报，按说会有几百万人会看——我不知道；我觉得这挺可笑，仅此而已。"

"精辟。"普奇说。

萨拉靠到沙发上，把脚踝缩到身子下面——她还从埃德娜·威尔逊那儿拷贝了这个姿势？接着就开启她下一段的独白，怀着一个笃定观众会着迷的表演者的狂热。"哦，我一**定要**跟你们讲讲这个，"她开口道，"首先一件，我去年收到一封唐纳德·克莱伦的信，他——"

"唐纳德·克莱伦？"艾米丽说，"是真的吗？"

"嗯，只是一封有点儿伤感的信；这并不重要。他说他现在参军了，他经常想起我——**你知道的**——他说他驻在这儿，在厄普顿军营。所以总而言之——"

"这是是多久前的事？"

"我不记得了；大约一年前吧。管他呢，上个月我们这里拉了一次空袭警报，吓得够呛——你们听说过吗?"

"哦，**没有**。"普奇说，看上去很感兴趣。

"好吧，什么事都没有，当然，这才是关键。它只持续了几个小时。**我**没被吓到，不过镇上一些人——他们之后好几天都在议论这件事。**无论**怎样，他们在广播上宣布说，厄普顿军营的一个士兵误拉了警报，而我说——我把这件事告诉了托尼，他笑得停不下来——我说:'我打赌一定是唐纳德·克莱伦。'"

普奇开怀大笑，前仰后合，她的头一次又一次向后仰，露出一口坏牙，而萨拉也禁不住跟着哈哈大笑。

"嗯，但是等等，"等姐姐和妈妈渐渐平复下来时艾米丽说，"厄普顿军营只是个征兵中心;他们只在那儿呆几天然后就会去其他军营接受基础训练，然后会被送到各个分支部队去。如果唐纳德是一年前给你写信，那他现在可能已经在国外了。"她本还想补充说他甚至可能已经死了，不过她不想做得太过头。

"啊?"萨拉说，"好吧，我不知道这回事，但即便如此呢。"

"噢，艾美，"普奇说，"别煞大家的风景。你的幽默感去哪儿了?"为了品味这个故事，她重复了一遍那句妙语，"'我打赌一定是唐纳德·克莱伦。'"

艾米丽也不知道自己的幽默感去了哪里，但她知道它不在此地——它也不会在主屋里，这天下午的晚些时候，她和普奇礼节性地去拜访了老威尔逊夫妇。她猜想她把自己的幽默感和其他一切重要的东西，都留在了学校里。

有一小阵子，她期待安德鲁·克劳福德能在某一天给她打电话;

然后她就不再想这件事了，整整一年多过后，他真的给她打了——那一年她大三。

她已经和戴维·弗格森分手，并和一个名叫保罗·雷斯尼克的男孩一起度过了六周浪漫而忧伤的时光，他当时正在等待入伍；后来，他从俄克拉何马州的希尔堡给她寄来一封长信，解释说他爱她但却不想被拴住。那个暑假她在百老汇上城的一家书店打工——"英语专业的学生是卖书的好手，"经理告诉她，"我每次都雇英语专业的学生。"——接着的那个冬天，突然地，安德鲁·克劳福德给她打电话了。

"我完全不确定你还能不能记得我。"他们在哥伦比亚大学旁边的一家希腊餐馆的小隔间落座时他说。

"你为什么等这么久才打给我？"

"我害羞，"他说着，一边展开他的餐巾，"我很害羞而且我还曾和一个年轻女士惨不忍睹地卷到了一起，她的名字我这里就不提了。"

"哦。再说了，人们怎么称呼你呢？安迪？"

"哦，主啊，不。'安迪'让人想到某种恶魔似的、以死相搏的家伙；我完全不是这种人，我觉得。别人一直都叫我安德鲁。把嘴巴收圆会有点难，我承认——有点像欧内斯特或克拉伦斯——但我已经习惯了。"

她从他吃东西的样子可以看出，他很喜欢他的食物——他是有些胖乎乎的——他在吃饱前很少说话，而他吃饱后嘴唇四周闪着一丝微微的油光。然后他开始说话，仿佛说话是另一种官能享受，用上诸如"正切的"和"还原论的"之类的词语。他谈起战争时并不将其视为可能马上会吞没他的大灾难——他又一次说他身体上是个废人——而是作为一种复杂而饶有趣味的国际游戏；他接着谈到一些她从未读过的书和她从未听说过的作家，之后他开始谈论古典音乐，对此她几乎一无所知。"……你可能知道的，这首奏鸣曲中的钢琴部分是世界上最难弹的片段之一。从技术上讲，我是说。"

"你还是个音乐家？"

"曾经，算是吧。我学过好多年的钢琴和单簧管——你知道的，我就是那些被称作'天才儿童'的令人厌烦的小物种中的一个——但接着当发现我并没有从事表演的天赋时，我就尝试去作曲。于是我到伊斯曼音乐学院学习作曲，直到我发现自己显然也没有很多这方面的天赋，于是我就彻底放弃了音乐。"

"一定非常——痛苦，放弃这样的一些事。"

"哦，它令我心碎。当时那段时间，平均下来我差不多每个月都要心碎一次，所以这只是个程度问题。你想吃什么甜点？"

"你现在多久心碎一次呢？"

"嗯？哦，有点没那么频繁了。也许每年两三次吧。要什么甜点？他们这儿有超级棒的蜜糖果仁千层酥。"

她确定自己喜欢他。她不是很喜欢他嘴上的那圈油渍，不过他在埋头吃千层酥之前抹掉了它，此外的一切她都喜欢。她认识的其他男孩没有一个像他这样有渊博的知识和如此条分缕析的见解——他就是知识分子——也没有任何其他的男孩能拥有那份敢于自嘲的成熟。但这一点是关键：他不是一个男孩。他三十岁了。他已经与世无争。

他们漫步时她任由自己依偎在他的胳膊上，而当他们走到她家门口时她说："你愿上来喝杯咖啡吗?"

他在人行道上往后退了两步，看上去挺惊讶。"不，"他说，"不，真的；非常感谢；下次吧。"他甚至都没有亲吻她；他所做的只是微笑，并在转身离开时尴尬地微微挥了挥手。上楼后，她在屋子里踱了很久，把一个指节咬在嘴里，试图弄明白她究竟哪儿做错了。

但几天后他又给她打来了电话。这一次他们去听了一场莫扎特音乐会，而待他们回到她的住处时，他说他认为喝点儿咖啡应该挺好的。

他坐在她妈妈在救世军商店帮她买来的沙发床上，而她一边在小小的厨房里忙作一团，一边想自己该坐在他旁边还是坐咖啡桌对面的椅子。她选择坐在他旁边，但他好像没注意到这一点。当她后仰的时候，他向前倾，一边搅搅杯中的咖啡，而当她向前倾了，他向后面仰。他一直在说个不停，起先是关于音乐会然后是关于战争、世界和他本人。

她伸手拿起一根香烟（她需要有点东西在手上），刚刚点燃，他就向她猛扑了上来。火星飞进她的头发，掉落在她裙子的前胸上；她站了起来，把身上抖抖干净，而他则连连道歉。"上帝呀，对不起；这太蠢了；我总是做这样的事——你一定认为我是——"

"没关系，"她对他说，"你吓了我一跳，不过没事的。"

"我明白；我——我无比抱歉。"

"没事，真的；没关系的。"她丢掉香烟并重新和他一起坐下来，这一次，他伸出的手臂顺利地搂住了她。当他吻她时他的脸是粉红色的，而她也注意到他没有马上就用手摸索她的乳房和大腿，像男孩子们通常做的那样；他看上去满足于仅仅是拥抱和亲吻，一边还发出轻柔的呻吟声。

过了一会儿，他从她的嘴里挣脱出来，说："你早上第一节课是什么时候？"

"哦，没关系的。"

"有关系的，还是。看看时间。真的，我该走了。"

"不；留下吧。求你了。我想要你留下来。"

直到这时他才开始和她做爱。他呻吟着脱下他的外套和领带并把它们丢到地板上；然后他急不可耐地帮她解开裙子。只是几个迅速而笨拙的动作她就把沙发变成了一张床，然后他们就重重地倒在了上面，翻滚、喘息，缠作一团。他温暖而厚实的躯体摸起来软软的，但也是强壮的。

"哦，"他说，"哦，艾米丽，我爱你。"

"不，不；别这么说。"

"但这是真的；我不得不说。我爱你。"

有一阵子，他躺在那里含住她的一只乳头吮吸起来，同时一双手抚摩着她；然后他又去吮吸另一只。过了很长一段时间，他从她身上略微翻开了一点，说："艾米丽？"

"嗯？"

"我很抱歉，这——我不行。有时候我会这样的。我不行。"

"哦。"

"我无法告诉你我有多么难受；这只是其中的一个——这会让你恨我吗？"

"不，当然不啦，安德鲁。"

伴随着一声极其泄气的叹息，他撑着身体，坐在床沿上，他看上去非常沮丧，于是她从后面抱住了他。

"好的，"他说，"这很棒。我喜欢叫你这样抱着我。是真的：我真的爱你。你讨人欢喜。你甜美、健康、善良，我爱你。只是我似乎不能——在今晚展现出来。"

"嘘。没事的。"

"说实话。你之前碰见过这种事情吗？之前有男人叫你这样子失望吗？"

"当然。"

"即使不是真的你也会这么说。啊，上帝啊，你真是个好姑娘。可是听着，艾米丽：我只是偶尔会这样。你相信吗？"

"当然。"

"其他时间我都行的。我的上帝，有时我能不停地日啊日啊直到——"

"嘘。这没事的。只是今晚而已。还有别的晚上呢。"

"你保证？你能向我保证吗？"

"当然。"

"这太不可思议了。"他说，转过身将她搂在怀里。

但是整整一周，包括几个下午，还有晚上和清晨，他们试了一次又一次，都败下阵来。之后，关于那个星期她记得最牢的就是他们为此努力而热得浑身冒汗以及床上的味道。

有好几次她都说："这一定是我的错。"然后他告诉她如果她这么说只会让事情更糟。

有一次他几乎办到了：他一番努力进入了她的身体，她能感觉到他。"进去了！"他说，"哦，上帝，进去了；进去了——"但没多久他就滑了出来，沉沉地趴在她身上，喘着粗气或者因为败仗而抽泣。"我没了，"他说，"我没了。"

她摩挲着他湿漉漉的头发。"有一分钟那感觉很棒的。"

"你真好，但我知道这根本不是'很棒'。只刚刚开了头。"

"好吧，是才开了头，安德鲁。下次我们能做得更好。"

"上帝呀。这正是我常说的。每次我离开你回到那个悲惨的、野蛮的、颤栗的世界时我就想'下一次我会做得更好'。但总是一个样——总是，总是一个样。"

"嘘，现在睡吧。也许早上我们能——"

"不。早上甚至更糟。你知道的。"

二月里一个温暖的冰雪消融的日子，他打电话给她说他做出了一个决定。这在电话里没法商量；她能在四点三十到西端酒吧和他见面吗？

她发现他独自一人坐在吧台，面前是一大雕花啤酒杯的啤酒，一只脚跷在横档上，他迈着大步领她到一个小隔间里，一边懒散地耷拉着肩膀。这她早就注意到了：当她在一些地方见他时，在酒吧或是街角，他动作中总带着一种运动员处于休息中的姿态。

他紧靠着她在卡座里坐下，只要不拿啤酒杯就捧住她的一只手，告诉他已经决定去看精神分析医生。他从"系里"的某个人那儿搞到那个人的名字；他已经安排好了第一次约诊，只要有必要，随便隔多久去一次他都愿意——每周两三次；他不在乎。这将会花掉他所有的积蓄和大部分的工资——他甚至可能要去借钱——但别无选择。

"嗯，这——你非常勇敢，安德鲁。"

他紧握住她的手。"这不是勇敢；这是孤注一掷。可能很久以前我就该这么做了。艾米丽，还有一个难处：我认为在我治疗期间我们不应该再见面了。就算至少一年吧。之后我会再来找你，当然你很可能会和其他男人好上；我只能祈望你还能是单身。因为关键是我想娶你，艾米丽，我——"

"你想**娶**我？但你甚至都没——"

"求你了，"他说，仿佛因为痛苦而闭上了双眼，"我知道我还没能做过什么。"

"我要说的不是那个。我只是想说你甚至还没向我求婚呢。"

"你真是我见过最贴心、最健康、最善良的女孩，"他说着用胳膊搂住了她，"当然我还没有——我怎么能，在这种情况下？但今年一过，一旦我——你知道的——我就会回来向你送上你听过的最真诚的求婚。你明白吗，艾米丽？"

"嗯，好的。除非我——嗯，好的。当然，我明白。"

"这太不可思议了。现在我们赶紧走吧，不然我要哭出来了。"

这是怡人的日子——年轻的情侣们挤满了人行道，出来享受这胜似春天的一天——他领着她立即走进街角的一家花店。

"我打算叫辆出租车送你回家，"他说，"但首先我要给你买些花。"

"不啦，这是犯傻吧；我什么花都不想要。"

"不，你要的，等等，"他捧着一打黄玫瑰从店里走出来，塞到她的手中，"给你。把它们放进水里；那么至少在它们凋谢之前你都会记得我。艾米丽？你会想我吗？"

"当然。"

"就当我上战场了吧，像其他人那样，那些你认识的好男人。好了。不再再见个没完了。"他吻了她的脸颊；然后甩开大步悠悠地跑到街上，还是那种对他而言不大自然的运动员的姿势；他拦下一辆出租车，站在那里为她拉开车门，明亮的眼眸微笑着，但眼神却有点儿模糊。

出租车开动了，她在黄玫瑰浓郁的香气里转过头，想看看他是否会挥手，但她却只瞥见他的后背正汇入人行道上的人流中。

除了想哭，她真的不知道自己究竟是什么感觉。在回家的一路上她努力想要搞明白，而直到爬楼梯时她才发现，她感到一种大大的如释重负的感觉。

欧洲的战事结束后不久，一个年轻的商船海员走进书店，开始和她聊天，就好像他自小就认识她似的。他的指甲破了，黑乎乎的，但他却能大段大段地背诵弥尔顿、德莱顿和蒲柏的诗，并且没有显出是在炫耀：这是因为，他说，他在船上有大量的时间读书。他穿着一件黑毛衣，在这个季节显得太厚了，他有一个大大的、一头金发的、帅气的脑袋，她心里将其形容为"北欧人的"。他站在那里说话，身体的重心在两只脚之间换来换去，贴着髋骨抱了一摞书，她有一股强烈的冲动想要用手摸摸他。她担心他可能没有约她就离开了书店，而他几乎就这么做了——他说："嗯；再见啦。"然后开始转身，但随即他又回过身说："嗨，对了：你什么时候下班？"

他住在地狱厨房[1]一家破烂不堪的旅馆里——她很快熟悉了这家旅馆的一切，从门厅里的尿臭味和消毒剂的味道，到运行缓慢的电梯笼，再到他房间里破烂的绿色地毯——他的船正在布鲁克林海军造船厂里大修，这意味着他会在纽约待上一整个夏天。他的名字叫拉尔斯·埃里克森。

他的身体像象牙一样坚硬而光滑，美丽而匀称；最初她觉得自己永远都不会对他腻烦。她喜欢躺在他的床上看他赤裸着身体在房间里走动；他让她想起米开朗琪罗的"大卫"。他的后颈和肩膀上有些小小的红宝石般的疙瘩，但如果她微微眯起眼睛就看不见了。

"……你真的没上过学？"

"我当然上过。我告诉过你；我上到了八年级。"

"那你真的会讲四种语言？"

"我从没跟你这么说过。我能流利地说法语和西班牙语。但我的意大利语很有限，很低级。"

"啊，上帝，你太棒了。过来……"

她希望他能想成为一个作家或者画家——她想象着他在微风吹拂的海滩小屋里创作，就像尤金·奥尼尔那样，而她涉过大腿深的海水去采集蛤蜊和贻贝当晚餐，海鸥在头顶盘旋、鸣叫——但他完全满足于当一个海员。他说他喜欢这工作带给他的自由。

"好吧，但我的意思是，自由地做什么呢？"

1　地狱厨房是纽约曼哈顿一片地区的名字，正式行政区名为克林顿（Clinton），又称为西中城（Midtown West），是南北大致以三十四街与五十九街为界，东至第八大道、西抵哈德逊河的一个长方形区域，早年是一个臭名昭著的贫民窟，主要聚居爱尔兰裔的劳工阶层，以杂乱落后的居住品质、严重的族群冲突与高犯罪率闻名。

"不必去'做'任何事。自由自在。"

"哦，我明白了。起码我认为我明白了。"

她认为和拉尔斯·埃里克森一起度过的那个肉欲偾张的夏天里她看清了许多事。她认为自己看清了大学的时光就是一种浪费。或许**任由谁**在大学里都是一种浪费时间。或许这和像安德鲁·克劳福德这样一个男人的悲剧有关：他把自己献给了学术——不只是精神，而是全部生命——这使他雄风尽失。

不管怎样，拉尔斯·埃里克森的男性雄风是肯定勿容置疑的。它就像一根结实的树枝从他身上伸出来；它在她里面戳啊，刺啊，捅啊；它慢慢地、一步一步地稳稳地将她送入一种漫长而持久的迷狂之中，对此，她唯一能表白的方式就是尖叫；它让她瘫软无力，让她气喘吁吁，让她感觉自己是个女人并渴求更多。

一天晚上，当他们精疲力竭地躺在他的床上时，门上传来一阵敲击声，一个少年男孩的声音喊道："拉尔斯? 你在吗?"

"我在，"他回应说，"但我在忙着。我有客人在。"

"噢。"

"那我明天来吧，马文，"他说，"或者可能不是明天，但你知道的；我们回头见吧。"

"好啊。"

"是谁啊?"当脚步声去远了她问。

"就是船上的一个小孩子。他有时候喜欢来找我下棋。我对他有点儿愧疚：他就孤零零一个人在这儿，又没什么事可做。"

"他该出去找个女孩。"

"哦，我想他对这种事很害羞。他才十七岁。"

"我敢打赌，**你**在他这个年纪一点也不害羞。哦不，等等——我打赌你是害羞的，但女孩子们可不会让你安生。不只是女孩——还有年纪大的女人们。时尚、精致的成熟女性，住在顶层豪华公寓里。对吧？她们把你叫到顶楼豪宅里，用牙齿解下你的全部衣服，再用舌头舔遍你整个胸膛，接着她们就跪下来求你。对吧？是不是这样的？"

"我不知道，艾米丽。你想象力真丰富。"

"**你**点亮了我的想象力；**你**喂饱了我的想象力。哦，来喂我吧，来喂我吧。"

一天下午他穿了一件崭新的、廉价的淡蓝色西装，带有垫肩，来到她的公寓——哥伦比亚大学的男孩子死也不会穿这种套装，但这穿在他身上单单还平添了他几分魅力——他说他晚上借了辆车。她愿意一起开车去羊头湾，吃海滩晚餐吗？

"那太好了。你从哪儿借的车？"

"哦，朋友那儿。一个我认识的人。"

在穿过布鲁克林的漫长路途中，他看上去心事重重。他一只手打着方向盘，另一只手抚弄着自己的嘴巴，一遍遍地拉扯下嘴唇并让它弹回去撞在牙齿上，他几乎和她没说过话。她原本期待他们俩能在餐馆里挨着坐，那样他就能用手臂搂着她，他们还能在吃饭过程中一起喁喁低语、开怀大笑；但结果他们是面对面坐在一张大桌子上，在撒了锯末的地板正中央。

"这地方还有别的地儿吗？"她问，"晚饭后我们能去哪儿跳个舞吗？"

"据我所知没有。"他说，嘴里满满一口的龙虾。

回家的一路上食物在她胃里越晃越难受——炸土豆里油太重了——拉尔斯一路上一言不发，直到他在她的那栋楼边上找到一个停车位。然后，他坐在停下来的车里透过挡风玻璃直视着前方，说："艾米丽，我认为我们不应该再见面了。"

"你不了？为什么？"

"因为我不得不忠实于我的本性。你非常好而且我们有过一些美好的时光，但我不得不考虑我自己的需求。"

"我没想拖着你不放，拉尔斯。你自由得就像……"

"我不是**说**你在拖着我不放。我只是说我不得不忠实地直面我自己的——艾米丽，问题是有了别人。"

"哦？她是什么样呢？"

"不是个女孩，"他这么说，就好像这样能把事情变得更简单，"是个男的。我刚好是个双性恋，你懂的。"

她满嘴的湿气瞬间干涸了。"你是说同性恋？"

"当然不是；你该懂得更多。我说的是**双**性恋。"

"难道那不是一回事吗？"

"不，完全不是。"

"但你更喜欢男人，而不是女人。"

"两个我都喜欢。我已经和你享受过了一种体验；现在我觉得我准备好去享受另一种了。"

"我明白了。"她说。要到什么时候她才能学会不对那些她一无所知的事情说"我明白了"？

他陪她走到她家门口，他们在人行道上面对面站着，隔着几英尺远。

"我很抱歉要这样结束。"他说。他把一只手放在臀部下面一点的地方，目光凝视着前方的街道，好让她欣赏他的侧影，他看上去比之前更像米开朗琪罗的"大卫"，即使穿着那件糟糕的西装。

"再见，拉尔斯。"她说。

再不会和人性交了，在楼上她一遍遍地捶打着枕头，暗自发誓。她还会约会男人，会和他们一起出去，大笑，跳舞，做你能想到的一切其他事情，但是决不会再性交了。除非——嗯，除非她完全确信自己在干什么。

十一月的时候，她就破了誓言，是和一个面容憔悴的法学学生，他宣称自己是共产主义者，而二月里她再一次破了誓言，是和一个风趣诙谐的男孩，他在一个爵士乐队里敲鼓。法学学生不再联系她，因为他说她"思想上不纯洁"，而最终也发现那个鼓手还有另外三个女孩。

接着春天又来了。她马上就要大学毕业，却对将来要做什么毫无准备，而这也差不多到了安德鲁·克劳福德结束其精神分析自我流放的时候。

"艾米丽？"一天晚上他在电话里说，"你一个人吗？"

"是的。你好呀，安德鲁。"

"我都说不清楚有多少次，我开始拨打这个号码却总在拨到第七位数字时放弃了。你还在听着吧，是不。我是在认真地和你说呢。听着：在我接着往下说之前我必须要知道这一点。你——你有男的了吗？"

"没有。"

"这真是好得太——我几乎不敢希望会是这样。"

第二天下午她和他在西端酒吧见了面。"两杯啤酒,"他告诉服务员,"哦不,等等。两杯十分干、超级干的马提尼。"

他看上去几乎没变——可能胖了一点;她不能确定——他的脸因为紧张焦虑而放着亮光。

"……没有什么比听别人的分析更无聊的了,"他说,"所以我就略去这块不对你讲了。叫我说的话,这算是一次精彩的经历吧。艰难、痛苦——天呐,你想象不出有多痛苦——但却是很精彩的经历。这可能还要再持续好几年,但我已经走过了第一阶段。**我觉得好很多了。世界对我来说不再充满恐惧。我觉得我生来第一次知道了自己是谁。**"

"好吧,那太棒了,安德鲁。"

他贪婪地喝下一口马提尼,靠回到卡座上,叹了一口气,一边将一只手探到她的大腿上。"那你呢?"他说,"你这一年过得怎样?"

"噢,我不知道。还行吧。"

"我发誓不要问你这个,"他说,"但既然现在我手就放在你奇妙无比的大腿上,我就一定要搞清楚。你有过几次风流?"

"三次。"

他皱了皱眉头。"天哪,三次。我以为你会说八次或者十次呢,但是换种方式看三次也更糟。三次意味着是认真的又重要的恋情。这意味着你爱上了三个不同的男人。"

"我不知道什么算是爱,安德鲁。我已经告诉过你了。"

"去年你和我说过。现在你还不知道?嗯,挺好;这很有趣,无论怎样。因为你知道**我确实**知道什么是爱,而我将在你身上用功,用功，直到你也知道了。噢，听我说——'在你身上用功。'这听上去就像我的意思是——上帝，我很抱歉。"

"你不用道歉。"

"我知道。这正是戈德曼医生一直告诫我的。他说我把一生都用来道歉了。"

在希腊餐馆他们又喝了一些马提尼，吃正餐的时候还喝了葡萄酒，当他们开始去她住处的时候他看上去有点醉了。她不知道这是个好兆头还是个坏兆头。

"这在所有方面都好似是一项重大体育赛事，"在他们走上她家的台阶时他说，"一场冠军争夺战，或者之类的。挑战者已经训练了一年；这次他能成功吗？敬请期待第一回合，这里是……"

"别，安德鲁，"她从他宽阔的背部后面搂住他，"这根本就不像那样。我们只需上楼去，一起去做爱。"

"哈，你真甜。你是这么的甜美、健康、善良。"

他们试了好几个小时——他们试遍了所有方法——情况不比他们去年最好的时候更好。最后他一屁股坐在床沿，就像坐在一名职业拳手休息区的凳子上，耷拉着脑袋。

"那么，"他说，"第四回合技术性击倒。或者只是第三回合？你是获胜者，还是冠军。"

"别，安德鲁。"

"为什么不？我只想尽力淡化它。至少体育专栏作家们会说我虽败犹荣。"

接下去的晚上他获得了一次胜利。它并不完美——在高潮的时候她没能如她所愿的那样做出充分的回应——但是任何一位性爱手册作者都会称这是一次及格的表演。

"……噢，艾米丽，"他在呼吸恢复平静后说，"噢，要是去年第一次就这样，而不是折腾了这么多个悲惨的夜晚，那该多好啊——"

"嘘，"她摩挲着他的肩膀，"现在那都过去了。"

"对的，"他说，"一切都过去了。现在让我们想想未来吧。"

在她毕业后不久他们就结婚了，在市政大楼举行了一场非宗教婚礼。唯一的出席者，或者叫见证人，是安德鲁熟人中一对名叫科罗尔的年轻夫妇。随后，他们穿过市政厅公园，去用科罗尔夫人坚称的"婚礼早餐"，这时，艾米丽发现自己来到的是一家忙碌的午餐饭店，正是很久以前她跟着爸爸去过的。

他们首先告诉了各自的妈妈。就像艾米丽知道她会的那样，普奇在电话里就哭了，并让他们保证第二天晚上就去看望她。安德鲁的妈妈住在新泽西的恩格尔伍德，邀请他们下周日去。

"……哦，他人很好，亲爱的，"趁着安德鲁坐在隔壁房间里喝咖啡，普奇在下城公寓那狭窄的厨房里拦住艾米丽说，"我有点儿——嗯，怕他，在一开始的时候，但当你慢慢了解他了，他是真的好极了。我喜欢他讲话时有点正式的样子；他一定**非常**聪明……"

安德鲁的妈妈比艾米丽料想的要老，一头蓝发，脸上满是皱纹，扑了粉，穿着过膝的弹力袜。她坐在印花棉布罩着的沙发上，身边三只波斯猫，房间里透着吸尘器新近清洁过的气味，而她反反复复地对着艾米丽眨眼睛，就像是必须要提醒她自己，艾米丽是在这儿似的。在一个被称为"音乐室"的明亮而不透气的玻璃走廊里，摆着一架立式钢琴，还有一张装裱过的摄影棚照片，是安德鲁八九岁时拍的，穿一身水手服，坐在钢琴凳上，胖乎乎的大腿上横放着一支单簧管。克劳福德夫人翻开钢琴盖，恳切地看着她的儿子。"给我们弹点什么吧，安德鲁，"她说，"艾米丽听你弹过琴吗？"

"哦，妈妈，求你了。你知道我不会再弹琴了。"

"你弹琴的样子像个天使。有时候收音机里播放莫扎特或肖邦，我就会闭上双眼"——她闭上了双眼——"想象着你在这儿——就在这架钢琴这儿……"

最终他屈服了：他弹了一小段肖邦的曲子，连艾米丽也能看得出他是在匆匆地走过场，似乎故意敷衍了事。

"上帝啊！"在他们回纽约的火车上他说，"我每次去了那儿都要花好多天才能恢复——整整好几天过去我才能**喘上口气来**……"

还剩下一个拜访需要完成了——到圣查尔斯去拜访萨拉和托尼——他们将其推迟到夏季的末尾，那时安德鲁买了一辆二手车。

"好啦，"他们沿着长岛高速公路一路飞驰时他说，"终于我要跟你漂亮的姐姐和潇洒浪漫的姐夫见面了。我感觉仿佛我已经认识他们很多年了。"

他情绪阴郁而敏感，她知道是为什么。整个夏天，他的床上功夫一直是合格的，只除了偶尔的失手，但就在最近——大约在过去一两周——他旧态复萌，老是失败。昨晚上他早泄了，射在她的腿上，之后他在她怀里哭了。

"他在服役吗？"

"谁？"

"劳伦斯·奥利佛。你以为我还能说谁?"

"我告诉过你,"她说,"他被招进了海军,但他们把他派回了马格南工厂,作为海军人员。"

"嗯,至少他没有在诺曼底攻占海滩,"安德鲁说,"并且赢得一枚带十四片橡树叶的银星勋章——免得我们要过一个**那**样的晚上。"

在交通地图那蛛网般的线路中找到圣查尔斯并不容易,但是一进到村子里她就看见了足够多的标识("血虫和沙虫")来指引安德鲁找到威尔逊家的位置。在车道旁有一个手写的小指示牌,上写:"大树篱",她认出是萨拉的字迹。

年轻的威尔逊夫妇坐在门前草坪上的一张毯子上,在午后的阳光下,他们的三个儿子围在身边蹒跚学步,叽叽喳喳;他们神情专注地在一起玩耍,以至于没有看见他们的客人到了。

"我真希望我有架照相机,"艾米丽喊道,"你们这幅画面可真温馨啊。"

"艾米丽!"萨拉跳了起来,张开双臂,向前穿过绿茵茵的草地,"你就是安德鲁·克劳福德吧——认识你真高兴。"

托尼的问候不是那么热情奔放——他的双眼笑意涌动,眼角处泛起皱纹,看上去更像是有趣而不是喜悦,仿佛他在想:"我真的必须为这家伙大费周章?仅仅因为他娶了我老婆的妹妹?"——但他握住安德鲁的手足够坚定,并设法咕哝了一番得体的话。

"我都不知道现在连**埃里克**也能走路了。"艾米丽说。

"当然啦,"萨拉告诉她,"他差不多十八个月大了。那边的是彼得,就是脸上粘着曲奇碎末的,大点的那个是小托尼。他三岁半了。你觉得他们怎么样呀？"

"他们都很漂亮，萨拉。"

"我们刚好出来赶在日落前晒会儿太阳，"萨拉说，"那我们进去吧。该去喝鸡尾酒了。亲爱的？你把毯子抖一抖，好吗？上面都是曲奇碎末。"

鸡尾酒会，在精心打扫过的客厅里，意味着克劳福德夫妇不得不坐在那儿，面带凝固的微笑看着威尔逊夫妇演绎阿纳托尔酒吧的老把戏，把胳膊缠在一起喝头一杯交杯酒。仪式表演过后，似乎有很长一段时间大家的热情都没能点燃起来。地板上的阴影越拉越长，西边的窗户金光灿灿，他们四人依旧害羞、拘谨。甚至萨拉也不如平常那样健谈：她没有讲任何东扯西拉的轶事，只问了几个措辞笨拙的问题，是有关安德鲁工作的，有安德鲁在面前她似乎颇不自然，好像害怕在这样一个博学的人面前自己会显得婆婆妈妈。

"哲学，"托尼边说边搅动他酒喝干了的杯子里的冰块，"恐怕这个领域对我来说太过神秘了。一定很难读的，更别说教了。你可怎么教它呢？"

"嗯，好吧，"安德鲁说，"你知道的；我们上到讲台上去，努力教导那些小杂种。"

托尼咯咯地笑起来，表示赞许，萨拉则转过脸来对着他哈哈大笑，仿佛在说：看到了吧？看到了吧？我告诉过你艾美不会嫁给一个怪物。

"我说，咱们还要吃晚饭吗？"

"就让我再抽支香烟，"萨拉说，"然后我把孩子们赶上床，然后我们吃晚饭。"

小块的烤肉烤得太过了，蔬菜也煮得太过头了，不过安德鲁已经被提醒过不要对食物抱太大希望。开始看得出，对全部他们四个人而言，这次拜访终究可能是一次成功，直到他们喝完咖啡回到客厅。

接下来他们又喝酒，用的是更深的玻璃杯，而麻烦可能部分就出在这儿：安德鲁不习惯喝这么多酒，于是他有点过于认真地推荐一部南斯拉夫电影，或者说是一部"影片"，是他和艾米丽看过的。"……我不明白怎么会有人不被这部影片打动，"他总结道，"任何对人性有信心的人。"

在复述电影的大部分时间里，托尼看上去睡眼蒙眬，但是说到最后一句时他醒了过来。"噢，我相信人性，"他说，"人性在我完全没有问题。"然后他把嘴巴比划成一副精巧的充满机智的形状，暗示他下一句话会博得满堂彩，"我喜欢每一个人，除了黑鬼、犹太佬，还有天主教徒。"

萨拉已经开始哈哈大笑了，她早已谋定无论丈夫说什么她都会笑，但当她听到这句话时她当即止住笑声，垂下眼睛，露出很久之前在单杠上留下的那道细小的蓝白色疤痕。现场一阵令人不安的沉默。

"这是你在英国公学里学到的吗？"安德鲁问道。

"嗯？"

"我说这就是他们在英国公学教你的东西吗？怎么说出这种话？"

托尼不解地眨眨眼睛，然后嘟囔了一些听不清的话——它可能是"哦，我是说"或者"对不起"又或者两者都不是——紧盯着他的杯子，露出腻烦的微笑，显示出就他而言他已经受够了这些无聊的废话。

不知怎么着，礼数还是在一定程度上恢复了。他们设法熬过礼节性的聊天、微笑以及互道晚安，然后他们都解脱了。

"乡绅，"他们开着车嗡嗡地沿着高速公路向家驶去，安德鲁双手紧握着方向盘说，"他和英国中产阶级上层子弟在一起长大的。他'实质上是个工程师'。他住在一个叫大树篱的地方。他美丽的妻子为他生了三个儿子；他发表了那样一番言论。他是个尼安德特人[1]。他是头猪。"

"这是不可原谅的，"艾米丽说，"完全不可原谅。"

"噢，顺便说一句，你告诉我的都是真的，"安德鲁接着说，"他们确实除了《每日新闻报》之外什么都不看。我出去到洗手间的时候经过了一摞差不多三英尺高的《每日新闻报》——是那整个情意缠绵的小房子里唯一真正的读物。"

"我知道。"

"啊，但你爱着他，对吧？"

"什么？你什么意思？我不'爱'他。"

"你告诉过我，"安德鲁说，"你现在收不回去了。你曾告诉我说，他们刚订婚的时候你对他有过许多的幻想。你幻想过你才是他真正爱的人。"

"哦，好了，安德鲁。"

---

1 尼安德特人是欧洲的一种原始古人类。

"我能想象你做了些什么支撑那些幻想——补充细节，就是说。我打赌你是脑子里想着他手淫。对不对？哦，我打赌你捏着你的小乳头，直到它们变硬，然后你——"

　　"住口，安德鲁。"

　　"——然后你开始刺激你的阴蒂——始终在想着他，想象着他说的话，他摸起来的感觉，以及他会对你做什么——然后你张开腿，把两个手指猛插进你的——"

　　"我叫你**别**说了，安德鲁。如果你不住口的话，我就打开车门下车并——"

　　"**好吧**。"

　　她以为他的愤怒会使他开得太快，但他却小心翼翼地把车控制在限速范围之内。他的侧影，在仪表盘昏暗的蓝光下，像是在咬紧牙关，显现出一个人克制住自己以应对不可思议的突发事件的神态。她把目光从他身上转开，盯着窗外望了很久，看着漆黑无垠的平坦大地在缓慢地移动，看着远方高处广播信号发射塔的红色灯光在一闪一闪。有过女人在结婚不到一年就和丈夫离婚了？

　　他再没有说话，直到他们跨过皇后区大桥，直到他们在车流中缓缓前行，行至西端，然后转向上城方向，向家的方向开。这时他说："你想知道一些事情吗，艾米丽？我痛恨你的身体。哦，我想我也喜欢它，至少上帝知道我尽力了，但与此同时我恨它。我恨它令我去年所遭受的一切——它令我现在还在遭受的一切。我恨你敏感的小乳头。我恨你的屁眼和你的屁股，还有它们扭来扭去的样子；我恨你的大腿，还有它们张开的姿势。我恨你的腰，你的肚子，你毛茸茸的大阴阜，你的阴蒂，你整个滑溜溜的阴道。明天，我要把这番话一字不漏地重复给戈德曼医生听，他一定会问我为什么要说这个，那我就说：'因为我不得不说它。'你这回明白了吗，艾米丽？你懂了吗？我说这些是因为我不得不说。我恨你的身体。"他两边脸都在抽搐。"我恨你的身体。"

第二部

第一章

　　与安德鲁·克劳福德离婚后，艾米丽在华尔街一家经纪公司做
了几年的图书管理员。之后，她换了一份工作：进了一个名叫《食
品界观察家》的行业杂志的编辑部，杂志每两周一期。这是一份愉
快、轻松的工作，为食品杂货工业写点新闻或者专题文章；有时候，
当她又快又好地拟好一个标题，让文字排出的空间第一次就刚刚好
契合版面——

"旅馆吧"牌黄油

销量创新高；

人造黄油失宠

——她会想起她爸爸。这份工作总有那么一线机会能让她跳到一家
真正的杂志社，那样就开心了；再说了，大学曾教导她，文科教育
的目的不是为了训练技能，而是为了解放思想。做什么工作谋生并
不重要，重要的是你是什么样的人。

　　于是，大多数时候她都认为自己是一个有责任感的、多才多艺
的人。她现在住在切尔西，住处有高高的窗户对着一条寂静的街道。

它本可以很容易就被塑造成一个"有趣的"公寓房，假如她对这些事情足够关心、愿意操办的话；不管怎么说，这里用来开派对是足够大的，并且她喜欢派对。它也可以成为两个人暂时的温馨小窝，而那段时间里，这里来过许许多多的男士。

两年的时间里，她有过两次堕胎。第一个孩子应该是一个她不怎么喜欢的男人的，而第二个孩子的核心问题是，她无法确定那是谁的。第二次堕胎之后，她请假在家待了一个星期，独自在公寓里躺着，或者沿着空旷的大街迟疑不决而悲伤地漫步。她想到了要去看精神科医生——她认识的一些人就看过精神科医生——但是它会花销很多而且未必物有所值。再说了，她有一个更加健康的主意。在公寓里一张结实的矮桌上，她将爸爸送给她作为高中毕业礼物的那台便携式打字机摆上，开始写一篇想投给杂志的文章。

堕胎：一个女性的看法

她喜欢拟定的这个题目，但是却写不好开头第一句，亦即她曾经学过的"导引句"。

它是痛苦的，危险的，"不道德的"并且违法的，然而每一年在美国还是有超过_____百万的妇女堕胎。

这听起来挺好的，但是却为她设置了一种劝诫性的姿态，而她将不得不在全文中以某种方式始终保持这种姿态。

她尝试了另外一种写法。

像很多与我同龄的女孩一样，我一直认为堕胎是一件可怕的事情——要走向它，如果迫不得已要走的话，会带着一个人堕落到地狱外圈时才会有的那种惶恐不安、瑟瑟发抖。

这听上去好一些，但是即使她将"女孩"换成"女人"，它还不能令她满意。是哪个地方出了问题？

现在她决定跳过开头，直接进入文章的主体。好几个小时里，她写了很多段落，抽了很多香烟，浑然不觉该何时点烟、何时灭烟。然后她用铅笔修改，在边上潦草地写上改动之处，有时是在整张新的一页上写（"第七页第三段修订稿A"），她感觉到一种找到特别适合自己的职业的兴奋感。但是经过一番不安稳的睡眠之后，那一堆乱七八糟的手稿到早晨还在那儿等着她；她不得不承认，用一个编辑那冷峻的目光看，这文章读起来一点也不好。

一周病假过后，她回到办公室，感激这秩序井然的一天八小时生活。有几个晚上，还有一个周末的大部分时间，她都用来写那篇关于堕胎的文章，但是最后她把它扫进了一个纸板箱，她把那叫作"我的文件夹"，然后把打字机也收起来。她开派对需要那张桌子。

然后突然就到了一九五五年，她三十岁了。

"……当然了，如果你想要成为一个事业型的女孩那很好，"在艾米丽为数甚少又令她恐怖的一个去她妈妈住处吃晚饭的晚上，她妈妈说，"我只希望在你这样的年龄时，**我已经**找到一项满意的事业。只是说我确实觉得……"

"那不是一项'事业'，它仅仅是一份工作。"

"嗯，那就更有理由了。只是说我确实觉得你该是时候——哦，我不会说'安定下来'；上帝知道，**我**从未安定下来；我只是说……"

"再次结婚。生孩子。"

"好吧,那很奇怪吗?难道你就没有认识一个想要嫁的年轻人?萨拉告诉我她和托尼喜欢上次你带去的男的;他叫什么名字来着?弗雷德什么的?"

"弗雷德·斯坦利。"几个月过后他就让她烦得忍无可忍;她曾带他去圣查尔斯也只是一时兴起,因为他非常上得了台面。

"哦,我知道,我知道。"普奇带着一种厌弃人生的微笑说,一边俯身吃她那份已经凉掉的意面;她现在装了一副假牙,大大改善了她的笑容。"这不关我的事。"她的事那天晚上稍后一会儿出来了,在她喝下太多酒之后:还是艾米丽之前已听过很多次的那番牢骚。"你可知道,自打我上次去圣查尔斯已经六个多月了?萨拉再没邀请过我。再没邀请过我。她知道我有多么喜欢去那里,我有多么喜欢和孩子们在一起。我每个星期天都给她打电话,她总说:'好的,我想你现在想要跟孩子们讲会儿话。'我当然想跟他们讲话,听听他们的声音——尤其是彼得,他是我最喜欢的——然后等我们讲完她就接过去说:'这花掉你一大笔钱了,普奇,我们最好替你的电话费考虑考虑。'而我说:'不要在乎电话费,我想和你说话。'但是她再没邀请我。微乎其微的几次,非常微乎其微的几次我自己提了出来,而她说:'我恐怕下周末不方便的,普奇。'呵。'方便'……"

她妈妈的下巴上粘着一小滴意面酱,艾米丽不得不极力忍住才没有站起来去把它擦掉。

"……当我想,当我想起托尼参加海军的时候,我在那里度过一个又一个星期，三个小孩子都还兜着尿布，我是怎样又烧饭，又擦地板，火炉多半时候都不能用，压水泵也是的，我们不得不从主屋那里提水——有人问过说那对**我**是否'方便'吗?"为了强调她的观点，她不服气地将长长的烟灰使劲甩在地板上，然后拿起粘满她指纹、糊塌塌的高脚杯，将兑水威士忌灌了下去。"哦，我以为我总可以给杰弗里打电话吧，**他**理解的。他和埃德娜很可能会邀请我，但是仍然……"

"你为什么不打呢?"艾米丽说，同时看了看手表，"给杰弗里打电话，或许他会请你去过一个周末的。"

"哈，好吧，你在看你的手表了。好的。好的。我知道。你要回去上你的班、你的派对、你的男人和随便其他什么你要做的事。我知道。去吧。"普奇挥着她湿漉漉的香烟，让她走。"去吧，"她说，"去吧；赶紧点。"

下一年的春天，《食品界观察家》的执行主编岗位空了出来，有几天艾米丽认为自己可能会被提拔的，但结果他们聘请了一个四十来岁的男人，叫杰克·弗兰德斯。他很高很瘦，有一张忧伤而敏感的脸庞，而艾米丽发现自己禁不住老是往他身上看。他的办公室跟她的中间隔着一道玻璃墙：她能看到他拿着铅笔或者对着打字机蹙紧眉头，看到他打电话，看到他起身站在那里凝视着窗外，似乎陷入了沉思（而他不可能一直在想工作的事情）。他让她有点想起了她爸爸，很久没有过了。一次他在打电话时，她看见他忧郁的脸庞绽放出一种发自内心的喜悦的笑容，那只可能是在跟女人讲话时才会出现的，她突然感到心头一阵莫名的嫉妒的剧痛。

他声音低沉而洪亮，非常彬彬有礼。当她将自己分内的某样东西拿给他时，他总是说"谢谢，艾米丽"，或者"很好的，艾米丽"，而有一次他说"这条裙子很漂亮"，但是他似乎从来不看艾米丽的眼睛。

到了截稿的日子，每个人都很疲惫，都在加班加点，她打开一个牛皮纸信封，发现是六张光面照片，每一张拍的都是用发泡的白纸板做的浅浅的盒子或托盘。每个盒子的长宽比例都不一样，每张照片拍摄的角度也不同，光线也都不同，分别强调设计中独一无二的方面。一起发过来的媒体宣传材料上都是一些令人窒息的短语，像"革命性的概念"和"大胆创新的方法"，但是她从中提取到的信息是：这说的是，新鲜肉块现在可能就这样分装后摆在超市里出售。她写了一篇文章，篇幅足够占满半栏，标题跨占两栏；然后她选出四张照片，可以放满一栏，并为照片写了简洁的说明，拿着完成的稿子去给杰克·弗兰德斯看。

"为什么这么多照片？"他问。

"他们发来六张；我只用了四张。"

"嗯，"他说，蹙着眉头，"想不明白他们为什么不放一些肉进去？几块猪大排或者什么的，或者让一个人的手托着盒子，这样你就能对盒子的大小有个概念。"

"嗯。"

他仔仔细细地研究那四张照片，看了很长时间。然后他说："你看出什么了吗，艾米丽？"他看着她，脸上隐约露出她曾经看到过的、两天前他在打电话时露出过的同样的笑容，"有时候一个词——就一个词——抵得上一千张照片。"

稍后回想起来，她能赞同他的说法，即那句话未必真的有那么好笑，但是在当时——或许仅仅是他说话的方式——她笑得前仰后合。她停不下来；笑到浑身无力；她不得不倚着他的桌子撑住自己。等她笑完了，她发现他正在看着自己，一脸的腼腆又开心。

"艾米丽？"他说，"你想今晚下班之后和我一起出去喝一杯吗？"

他已经离婚六年。他有两个孩子，都跟他们的妈妈一起生活，他还写诗。

"发表过吗？"她问。

"三次。"

"在杂志上，你的意思是？"

"不，不；书。三本书。"

他住在单调乏味的西二十几街街区中的一个，就在第五大道边上，豪华楼宇丛中随意挤进去的一些居民楼，而他的公寓正是她想来可以称为斯巴达式的那种——没有地毯，没有窗帘，没有电视。

他们一起度过第一个良宵之后，情况就似乎充分明确了：这个高高瘦瘦的男人恰恰就是她一直想要的那种；她穿着他的浴袍在他的书架前逡巡，直到她看到三本薄薄的书，书脊上写着约翰·弗兰德斯这个名字。当时他正在厨房里煮咖啡。

"我的上帝啊，杰克，"她喊道，"你还是一个耶鲁青年诗人呐。"

"是啦，嗯，有几分彩票中奖的味道，"他说，"他们每年总要颁给人这个头衔。"但是他的自谦并不全是出于真心：她能断定，他对于她发现了他的书是多么地开心——如果她发现不了的话，他几乎肯定会把它指给她看的。

她翻了翻，大声朗读其中的一段宣传赞语："'在约翰·弗兰德斯身上，我们发现了一种全新的声音，饱含智慧、热情以及完美的技巧把控。让我们为他的天才欢呼。'哇！"

"是啦，"他用那种同样的自豪而羞涩的方式说，"了不得，是啊？如果你喜欢，你可以把它带回家。事实上，我希望你这么做。第二本书也很好；可能比不上第一本。但万万不能去碰第三本。它糟透了。你不会想到它有多么糟糕。要糖还是牛奶？"

他们坐下来一边呷着咖啡，一边看着外面棕绿色的豪华楼宇，她说："你来一家行业杂志做什么？"

"为了找份工作啥的吧。关键是这玩意儿很容易；我甚至用左手就可以搞定它，一回家就忘到脑后。"

"诗人不是通常都在大学工作吗？"

"哈，我已经做过了。做过很多年，多得我都数不出是多少年了。拍系主任的马屁，为终身教职汗流浃背，白天要与那一张张一本正经的、愚笨的小脸蛋搏斗，夜晚他们依然在你脑海中出没——而最糟糕的是你最后还得写出学术性的诗歌。不，宝贝，相信我，《食品界观察家》是一份更好的活儿。"

"你为什么不申请那个啥？古根海姆基金呢？"

"申请到过。还得过洛克菲勒基金。"

"你能告诉我为什么第三本书糟糕吗？"

"哈，那时候我整个的生活都乱七八糟。我刚刚离了婚，喝酒滥多；想想当时我自以为自己知道那些诗里都写了什么，但是我实际上知道个屁。多愁善感，自我放纵，自怨自怜——惨不忍睹一大堆。上一次我见到达德利·菲茨[1]，他甚至都没跟我点头。"

"那你现在的生活怎么样？"

"哦，差不离儿仍然一团糟，我想，除了我发现有的时候"——他的手沿着浴袍的袖子一直摸到她的胳膊肘，他抚摸着，好像那里是一个性敏感区——"有的时候，如果你手法高明，就能遇见一个好姑娘。"

有一个星期他们都没分开过——他们要么在他要么在她的住处过夜——她一直找不到单独的时间去读他第一本书，直到她为此专门休了一天假。

书并不好读。在巴纳德学院的时候她读过很多当代诗歌，并且总是在"解释"中表现相当优秀，但是她从来没有为了开心而读诗。她飞快浏览完前面的诗，只对它们的意思有个印象；然后她不得不返回去一首首地钻研，鉴赏它们的创作艺术。后面的诗内涵更加丰富，尽管它保持着一种似乎是用杰克的口吻说话的特质，而全书的最后一部分几乎都给了单独的一首长诗，它晦涩难懂，包含着她揣测的许多层意思，以至于她不得不读了三遍。已经快五点了，她才给在办公室上班的他打电话，并说她认为这本书很棒。

"指天发誓？"她几乎能看见他脸上的喜悦，"你不会扯淡的，是不是，艾米丽？你最喜欢哪一首？"

"哦，我全都喜欢，杰克。真的。让我想想，我喜欢那首《一场庆典》；它几乎叫我哭出来。"

"哦？"他听起来有些失望，"好吧，是啦，那是一首令人愉快

---

1 Dudley Fitts（1903—1968），美国评论家、诗人、翻译家。

的、正经八百的抒情诗，但是它的骨架上没什么肉。那首战争诗怎么样，那首叫《手榴弹》的诗？"

"哦，是的，那首也很好。它里面有挺好的——刻薄味儿。"

"刻薄；好词儿。那的确是它应该拥有的东西。当然我想最重要的问题是，你认为最后那首怎么样。那首长诗。"

"我正准备说那首。很漂亮，杰克。它非常非常感人。赶紧回来吧。"

初夏的时候，他收到邀请，到艾奥瓦州立大学的"作家工作坊"任教两年。

"你知道吗，宝贝？"当他们俩一起读那封信时，他说，"拒绝这个的话也许是一种错误。"

"我以为你讨厌教学。"

"好吧，但是艾奥瓦不一样。就我的了解，这个'工作坊'完全是与英语系分开的。这是一个研究生项目，有点儿像专业学院。孩子们都是经过认真挑选的——他们根本不是真正意义上的学生，他们是年轻的作家——我必须完成的'教学'每周只需要四五个小时。因为他们的理念是，知道吧，教师在那里的期间也应该自己写东西，所以他们给你充裕的时间。就我而言，上帝啊，如果我不能在两年内搞定这本书，那我才是**真正**遇上麻烦了呢。还有，"他说，一边害羞地用他的拇指刮擦着自己的下巴，而她能够断定，接下来的考虑才会是他的观点的关键证据，"还有——哦，我知道这听起来有点傻，但是能被邀请去那里，可谓是一种荣誉。肯定意味着**还有人**不相信我写完上一本书就永远沉落下去了。"

"嗯，好的，杰克，但是不论你接受邀请与否，这份荣誉始终存在。所以想想看：你真的想要去艾奥瓦吗？"

他们俩都站着，在他的公寓里踱来踱去，从他打开那封信起，他们就一直在那么着。他越过光秃秃的地板走向她，双手抱住她，弯下腰将脸埋在她的头发里。"我确实想去，"他说，"但是我去的话必须满足一个条件。"

"什么条件？"

"如果你跟着我一起去，"他哑着嗓子说，"跟我在一起，做我的女孩儿。"

八月，他们俩一同辞去《食品界观察家》的工作，在动身去艾奥瓦前的最后一个周末，她带他去了圣查尔斯。

"……哦，我**喜欢他**，"在单独与艾米丽待在洒满阳光的厨房里时萨拉说，"我真的很喜欢他——托尼也是，我看得出来。"她停下来舔掉手指上的一滴肝酱，"你知道**我**认为你应该怎么做吗？"

"怎么做？"

"嫁给他。"

"你什么意思，'嫁'给他？你总是告诉我'嫁'人，萨拉。我每次带人到这儿来你都这么说。婚姻应该是一切事情的终结答案吗？"

萨拉看起来受了伤害。"对于很多很多的事来说它是终结答案。"

艾米丽几乎就要说出"**你怎么知道**"。但还是及时忍住了。取而代之，她说："好吧，我们等着瞧吧。"然后她们端着几碟草草做出的餐前小食回到客厅。

"好吧，当然，我的战争经历相当可怜，"杰克正说着，"背上背着一台无线电发报机，在关岛到处爬来爬去，但是我的确记得那些造型优美的马格南海军战斗机。我过去常常想，坐在那样一架战斗机里在天上飞来飞去是怎样的感觉。"

"你应该去看看我们现在生产的家伙，"托尼说，"喷气式战斗机。把你绑在那样一个玩意上，唰！"他比划了一个类似敬礼的动作，竖直的手掌贴着他的太阳穴像刀子一样朝前劈去，表示起飞的速度。

"是啦，"杰克说，"是啦，我可以想象得到。"

孩子们气喘吁吁地进来时，艾米丽极力不让自己流露出大惊小怪的表情，自她上次来过后他们已经长了那么多，且那些变化是如此地非同凡响。小托尼现在已经十四岁了，看起来比实际年龄大，体型已经赶得上他的爸爸。他是一个长相很好的孩子，但是他的笑容有些许的飘渺，至少表明了一种可能性，即他有可能长成一个温和的傻瓜；埃里克，最小的那个，已经长出一副谨慎的面孔，更多是郁郁寡欢而不是害羞。只有彼得，夹在中间的那个，普奇总说是她最喜爱的那个，吸引了她的注意。他精瘦得像一只小灵狗；他长着一双他妈妈那样的褐色大眼睛，即便在嚼泡泡糖也透出十足的机灵劲儿。

"嗨，艾美阿姨？"他边嚼泡泡糖边说，"还记得十岁时你送给我的那些总统吗？"

"总桶，什么总桶？"

"不，是总统。"

她终于记起来了。每年圣诞节她都会花好多好多时间给这些男孩子挑东西；她会拖着走得生疼的脚，无可奈何地走遍一家家百货公司，呼吸着并不新鲜的空气，跟筋疲力尽的售货员们争吵。有一年，她为彼得选定一件她但愿能合适的礼物：一个平板纸盒，里面装着用白色塑料制作的历任美国总统塑像，一直到艾森豪威尔。"哦，是那些**总统**啊！"她说。

"对的。不管怎么说，我真的喜欢它们。"

"哦，**他确实喜欢**，"萨拉说，"你知道他做了什么吗？他在院子里挖出这么大一片地方，像一个公园，有草坪，有小树林，还有一条流经其间的小河，河上还架着桥，然后他把所有的总统放在不同的地方，每个总统根据他们的名望安排不同大小的底座。他给予林肯的底座最高，因为他最伟大，他把富兰克林·皮尔斯和米勒德·菲尔莫尔之类几个人放在很低的底座上——哦，他给了威廉·霍华德·塔夫特一个非常宽的底座，因为他是最胖的，他还……"

"够了，妈妈。"彼得说。

"不，但确实如此，"她继续说，"真希望你能看见它。你知道他怎么对待杜鲁门的吗？起先他拿不定该如何对待杜鲁门，但是后来他——"

"我想这个你大概已经说过了，亲爱的。"托尼说，一边朝他们的客人几乎看不出地眨眨眼睛。

"哦，"她说，"那么，好吧。"她迅速端起杯子喝了一口酒来遮住她的嘴巴。那个习惯从未改变过：无论何时，只要萨拉觉得尴尬，比如说她在讲完一个笑话等着大家发笑或者她担心自己话说得太多了，她就会去捂嘴巴，就像遮住自己裸露的身体似的——小孩子的时候用可乐或者雪糕，现在用酒或者香烟。也许那么多年往外突出的牙齿，以及后来的牙套，已经使她的嘴巴成为她身上最易受伤的部分，终身如此。

那天下午的晚些时候，男孩们开始在地板上摔跤，直到他们撞翻了一张小桌子，他们的爸爸才说："好了，小伙子们。规矩点。"这是他给予他们的标准的、全能的警告；显然这是他在海军里学到的。

"他们在这里也没什么好干的，托尼。"萨拉说。

"那让他们到外面去玩吧。"

"不，"她说，"我有一个好主意，"然后她转向艾米丽，"这是你们一定要看看的。彼得？去把吉他拿来。"

埃里克把胳膊抱在胸前表示他不介意被晾在一旁，而两个年龄大一点的男孩冲去另一个房间，拿来两把廉价的吉他。等确信观众们已经就绪，他们就站到房间的正中，让小小的房子溢满了吉他声，然后他们模仿了一首艾弗利兄弟组合[1]的歌曲：

> 再见，爱情
> 再见，欢乐……

小托尼只是弹奏几个简单的和弦，唱几句歌词；彼得则包揽所有复杂的指法部分，他似乎全身心投入到了歌曲中。

"他们真是了不起的孩子，萨拉，"他们再次出去之后艾米丽说，"彼得还真是不一般。"

"我告诉过你他长大后想干什么吗？"

1　1950 年代后期开始成名的美国著名音乐组合，由唐·艾弗利和菲尔·艾弗利兄弟组成。

"什么——总统？"

"不，"萨拉说，听起来似乎那像是个切实可行的选择之一，"不，你永远也猜不到。他想成为一名新教神父。几年前我带他们去镇上的小教堂里做复活节礼拜，彼得一直念念不忘。现在他每个星期日都要我叫醒他带他去教堂，或者他自己搭便车去。"

"哦，好吧，"艾米丽说，"我想随着年龄的增长他很可能会忘掉这事的。"

"不会的，我了解彼得。"

晚饭桌上，彼得因为下午出了风头而兴奋不已，说了很多傻乎乎的话打断大人们说话，托尼两次警告他规矩点。第三次时，彼得将餐巾罩在自己的头上，萨拉接过了指令权。"彼得，"她说，"规矩点。"然后她迅速瞥了一眼托尼看看她这样说是否合适，又瞥向艾米丽看看这样是否听起来很滑稽，随即她端起杯子喝酒，遮住了嘴巴。

"我知道你在电台工作。"那天晚上晚些时候，客厅里只剩下大人们时，杰克·弗兰德斯对萨拉说。

"哦，已经不在了，"她说，看样子很开心，"现在一切都过去了。"五十年代初，她曾在当地的萨福克县电台担任一档星期六早晨的家庭主妇节目的"主持人"——艾米丽曾听说过一次，而且觉得她做得很好——但是这档节目在十八个月后就停播了。"它仅仅是一家很小的当地电台，"萨拉解释道，"但是我的确喜欢——尤其是写稿子。我喜欢写东西。"

这将她引入一个几个小时以来她一直想说的话题：她正在写一本书。杰弗里·威尔逊妈妈一方的一个祖先，一个叫乔治·福尔的纽约人，曾经是个西部拓荒者。他跟几个东部人组成一小支队伍，帮助开拓了现在的蒙大拿州的一部分。乔治·福尔鲜为人知，但是他冒险时期给家里写过很多封信，他的一个侄子将这些信件誊抄、编成了一个小册子的模样，私人印刷出来，其中一份到了杰弗里·威尔逊手里。

"真是令人着迷的东西，"萨拉说，"当然，读起来相当困难——全是那种非常奇怪的老式文风，你不得不运用你的想象去填补空缺——但是所有的材料都齐了。我寻思着总要**有人**据此写出一本书来；那不妨我来吧。"

"好吧，那是——相当艰巨的任务啊，萨拉。"艾米丽说，而杰克说这听上去的确有意思。

哦，这个计划还处于最初的阶段，她向他们保证说，似乎是为了将他们的嫉妒减少到最小程度；她已经拟定一个粗略的提纲，完成了导语部分，并写出了第一章的初稿，但是这个章节仍然需要花功夫打磨。她甚至还没有确定标题，尽管她在想着要叫它《乔治·福尔的美国》，而且她一边写，还不得不去图书馆就那个时期做很多资料查询工作。这本书会要点时间的，但是她喜欢做这件事——能够再次**做些**事情是一种很棒的感觉。

"嗯，"艾米丽说，"我可以想象。"

"或许甚至可以赚点小钱，"托尼咯咯笑着说，"**那**的确是一种很棒的感觉。"

萨拉看起来有些不好意思，然后突然胆子大起来。"你们想不想听听我的导语部分？"她问，"难得我能有两位真正的作家听众。亲爱的？"她对丈夫说："你干吗不给我们大家再倒一杯呢，我要读读我的导语部分。"

萨拉脱下鞋子，把脚踝舒舒服服地垫在屁股下面，一只手高高地举着不住颤抖的稿子，把声音控制在恰好可以适合一个小报告厅的程度，然后开始大声朗读。

导语部分讲述乔治·福尔的信件是如何被保存下来的，以及它们是如何为这本书提供了写作基础。接下来是对他的旅行的简要概述，包含很多的日期和地名，甚至听起来也很轻松愉快：语句的流畅程度令艾米丽惊讶；但是这么说吧，萨拉的电台文稿也曾令她大吃一惊。

在萨拉朗读的时候，托尼看上去昏昏欲睡——很可能之前他已经听过了——他盯着酒杯，那低垂的面庞上宽容的微笑似乎在说，如果这种事能给这个小女人带来愉悦，那不挺好嘛。

萨拉已经读到她的结尾部分：

"乔治·福尔在很多方面都是一个高尚的人，但是他并不是独一无二的。在他那个年代，有不计其数像他那样的人——那些人勇敢无畏，那些人放弃舒适与安逸去面对荒野，去面对几近于绝望的不幸，去征服一片大陆。在一种非常真实的意义上，乔治·福尔的故事就是美利坚的故事。"

她放下手稿，脸上又露出腼腆的神色，然后喝了一大口兑水威士忌。

"精彩无比，萨拉，"艾米丽说，"真的精彩无比。"杰克也说了些礼节性的话表示他完全赞同。

"好吧，它可能还需要打磨，"萨拉说，"但这就是总体的构思。"

"……你姐姐很可爱，"当杰克·弗兰德斯和艾米丽坐在回家的火车上时他说，"而且她**的确**写得很好；我可不单是说说而已。"

"我也不只是说说而已。我知道她写得好。可是我还是不能接受她变得这般肌肉松垂、矮矮胖胖。她以前拥有的可是我曾见过的最漂亮的身段。"

"是啦，嗯，很多成年女人都会如此的，"他说，"这就是为什么我喜欢骨感的女孩。不，但我明白了你说你姐夫的话是什么意思了；他是一个土鳖。"

"我每次去完那总是**头痛**得厉害，"艾米丽说，"我不知道为什么，但是从来没有例外过。你能稍稍帮我揉揉后脖子根吗?"

第二章

　　艾奥瓦市是一座赏心悦目的城市，依傍艾奥瓦州立大学，沿一条缓缓流淌的小河而建。一些笔直的居民区街道两旁绿树成荫，洒满阳光，令艾米丽想起《星期六晚邮报》上的插图——真实的美国就是这副模样吗？——她想要住他们那种宽敞的白色老房子；但后来他们找到了一栋造型古怪的小石屋，位于离城市四英里的一条乡村土路上。房子本来是作为一个艺术家的画室建造的，房东太太解释说；那就说得通了，怪不得那客厅格外大，还有高高的观景窗。"对于有孩子的家庭来说这一点也不实用，"她说，"但是你们只有两个人，会很开心的。"

　　他们买了一辆便宜的二手车，花几个晚上去乡间探访一通，结果发现这里远不像他们料想的那么单调。"我以为全都是玉米地和大草原，"艾米丽说，"你也这样想的吧？但这里全是起伏的山岭和森林——哦，这里的空气闻起来可不要太爽啦？"

　　"嗯，是呢。"

　　而且，回家，进入那座小小的房子总是开心乐事。

不久学校举办了一个员工见面会，杰克回到家里得意洋洋。
"我这不是说要抛弃自己惯常的孩子般的谦逊，宝贝，"他说，手里
端着一杯酒在地板上踱着步子，"可我恰巧是他们这儿请来的最好
的一位诗人。或许还是**唯一的**一个。天哪，你应该去见见其他那些
小丑——你应该去**读读**他们的作品。"

她没有去读他们的作品，但是去见了他们，是在几次喧闹混乱
的派对上。

"我喜欢那个岁数大一些的男人，"一天晚上他们开车回家时她
对杰克说，"他叫什么来着？休·贾维斯？"

"是啦，哦，贾维斯挺不错，我觉得。二十年前他写过一些很
好的东西，但是现在他已经完蛋了。你觉得克鲁格那个小杂种怎
么样？"

"他似乎非常害羞。不过我喜欢他的妻子；她——有意思。她我
倒愿意认识认识。"

"嗯，"他说，"好吧，如果那意味着邀请克鲁格来用晚餐，或
者类似的事情，那你最好现在就忘了它。我可不想那个虚伪做作的
狗娘养的来我家里。"

因此之后除了他们自己，家里没有来过任何人。他们与世隔绝。
杰克在主屋的一个角落放置了自己的办公桌，一天的大多数时间里，
他都会坐在那儿，伏案笔耕。

"你可以用那个小房间工作，"她说，"那不是更好吗？"

"不，我喜欢一抬头就能看见你。在厨房里进进出出，拖着吸
尘器打扫，无论你究竟是干什么。让我知道你真的是在这儿。"

一天上午，家务都做完后，她拿出她的便携式打字机，放在那

房间离他尽可能远的地方。

一个纽约客发现了中西部　除了新泽西的一些地方，或许还有宾夕法尼亚，我一直想象哈德逊河与落基山脉之间全都是荒漠。

"在写信?"杰克问。

"不；一些别的东西。只是我的一点想法。打字机打扰到你了吗?"

"当然不会。"

这个想法这几天一直在她的头脑中转悠，连题目和导语都已经想好；现在她要着手写下去。

当然，这里有芝加哥，位于北部的一块砂砾遍布、不足为信的绿洲，这里有一些散落的城市，比如威斯康星的麦迪逊，因为其对东部文化别具魅力的模仿而著称于世，但是对于大部分地方而言，"那边"除了一望无际的玉米、小麦和令人窒息的无知，什么都找不到。城市里到处攒动着乔治·F.巴比特之流；数不清的小镇萦绕着F.司各特·菲茨杰拉德描绘的氛围，"他们那没完没了的爱打听消息的习惯，只有小孩子和老人才能得以幸免"。

所有出生在中西部的著名作家都逃离了这个地方，而且是越快越好，还有什么奇怪的呢？哦，也许他们之后会纵情沉浸于关于中西部的伤感的狂想曲中，但那只是怀旧而已；你从未听说过他们要回到那里去生活。

作为出生在纽约本地的东部人，我非常乐意向那些迷茫而困惑

的中西部访客介绍我所在的这片世界。这里，我要解释一下；这就是我们

"你的这个构思是个大秘密吗？"杰克在房间另一边喊道，"或者你可以给我讲讲？"

"哦，它就是——实际上我并不知道它是什么。也许它能被写成一篇杂志文章或什么的。"

"哦？"

"我不知道。我只是写着玩。"

"好，"他说，"我也是这样。"

星期一和星期四他会去学校教课，等他回来时他总是很情绪化的——要么沮丧懊恼要么兴高采烈，取决于他的课上得怎么样。

"哼，这些小孩子，"有一次他发牢骚道，一边给自己倒了一杯酒，"这些他妈的小屁孩，给他们点颜色，他们就开染坊。"

碰到一些顺心的日子他也会喝得过了头，不过这些时候和他待在一起会更开心一些："嘿，这活儿不费吹灰之力，宝贝，如果你不想太努力的话。走到那儿，讲讲你知道的东西，他们会照单全收，就像他们之前从没有听过似的。"

"也许他们**就是**从没听到过，"她说，"我想你肯定是一个很好的老师。确凿无疑的是你已经教会我很多。"

"是啊？"他看起来有些不好意思，但是又极其高兴，"关于诗歌，你是说？"

"关于一切。关于世界。关于生活。"

而那天晚上，他们几乎等不及把凉下来的晚饭吃完，就倒在了

床上。

"哦，艾米丽，"他说，一边抚摸着她，"哦，宝贝，你知道你是什么吗？我一直说'你很伟大''你完美无缺''你不可思议'，但是这些词没有一个是恰当的。你知道你是什么吗？你是魔法师，你是魔法师。"

他说她是魔法师，说了太多太多的次数，在太多太多的夜晚，以至于她终于说："杰克，我希望你不要再那么说了。"

"为什么？"

"就是因为，它听起来有些老气。"

"'老气'，呵？好吧。"他似乎有点受伤。

但是她从来没有见过他那么开心过，那是大约一个星期后，他上完课之后回家晚了三个小时。"对不起，甜心，"他说，"放学之后我跟几个小孩子去喝酒了。你吃过了吗？"

"还没有；都在烤炉里。"

"真该死。我应该给你打电话的，但是我没有留意时间。"

"没关系的。"

他们吃着干透的猪大排，而他是用兑水威士忌帮着把它吞下去的，他嘴巴怎么也停不下来。"最他妈妙的是：有一个叫吉姆·麦克斯维尔的小孩子——我告诉过你他的事情吗？"

"我想没有。"

"高大、魁梧的家伙；来自得克萨斯州南部的某个破地方，穿牛仔靴那样风格的衣服。他在课堂上总是令我吃惊，因为他非常难对付——**而且**非常聪明，也绝对是个好诗人，至少他将来会是。不管怎么说，今天晚上他一直等到所有其他孩子都离开了酒吧，因此就只是我们两个喝的最后一轮，他就这么眯缝着眼睛看了我一眼，说他有些事情要告诉我。然后他说——该死的，宝贝，这可太过分了——他说他读了我的第一本书，它改变了他的生活。难道这不是件最他妈奇妙的事情吗？"

"很好，"她说，"这是一个大大的赞扬啊。"

"不，我是说我接受不了。你能想到我写的某些东西竟然可能改变南**得克萨斯**某个完全陌生的人的生活吗？"他叉起一块猪排放进嘴里，使劲地嚼起来，品味着自己的喜悦。

到十一月份，他已经开始承认，或者更确切地说是执意认为，他自己的工作进展得一点都不顺利。他一天中会很多次从桌前站起来，在屋子里大踏步地走，把烟头扔进壁炉（壁炉底部的灰烬里堆满了烟头，使得只有一把熊熊大火才能把它们烧尽），嘴里说着"究竟谁说过我无论如何都应该做一个诗人这样的话"。

"我可以看看你正在写的东西吗？"有一次她问道。

"不，那只会让你失去对我仅存的那一点点尊敬。你知道它像什么吗？就像糟糕的打油诗。甚至连**好的**打油诗都算不上。哒嘀哒嘀哒，哒嘀嘀哩噗。我应该做个十九世纪三十年代的歌词创作人，甚至就连这个我可能都不称职。得花费差不多二十七个我，才能造就一个欧文·柏林[1]。"他颓然站在那里，盯着落地窗外枯黄的草地和光秃秃的树。"我曾经读过一个关于欧文·柏林的采访，"他说，"那家伙问他最害怕的是什么，他说：'有一天我想伸手去抓它，但是它不在那儿了。'好吧，那就是我，宝贝。我知道我有过它的

---

1 Irving Berlin（1888—1989），美国著名的歌曲作者。

——我能感觉到它，就像你感觉到血液在你血管里流——而现在我伸手去抓它，拼命去抓它，而它不在那儿了。"

然后中西部漫长的白色冬天到来了。杰克回到纽约和他的孩子们一起过圣诞节，整个的小房子都归她。起初挺孤单，直到她发现她渐渐开始享受这孤独的状态。她试着写她那篇杂志文章，但是那些凝重的段落似乎总是不得要领；然后在第三天，她收到姐姐寄来的一封热情洋溢的圣诞信。这么久以来，她的全部心思都只在杰克·弗兰德斯一个人身上，致使她坐下来读这封信并想起来她是谁的时候，那种感觉十分神奇新鲜。

……"大树篱"这边一切都好，大家都给你们送上爱的祝福。托尼一直都在使劲加班，所以我们很少能见到他。孩子们在茁壮成长……

萨拉的笔迹还是那种秀丽的少女体，是她在初中时自学的。（"是的，这是很可爱的字体，亲爱的，"普奇曾经告诉过她，"只是它有点儿做作。不过，没关系；等你再大一些，会更加老成的。"）艾米丽浏览了信中无关紧要的部分，然后就来到重要的地方：

你可能知道，普奇失业了——那家房地产经纪公司破产了——我们自然都一直很关心她。杰弗里提出一个非常慷慨的解决方案。他正在收拾车库楼上的小房间，给她弄出一间不错的小屋子，她可以免费住在那儿。她有资格领社会保障金。托尼觉得她住在这里有些尴尬，我也这么觉得——不是我不爱她，只是你知道我的意思

——但是我相信我们可以对付。

现在是另一个重大消息：我们就要继承那间主屋了！杰弗里和埃德娜春天的时候就会搬回纽约——她身体一直不好，而他也厌透了长时间的上下班通勤，想离公司更近一点。等他们搬走，我们就住进去，然后把那间小屋租出去，可有些急需的收入。你能想象得出我要去照管那么大的地方吗？

我已经将《乔治·福尔》搁置起来了，因为事实证明如果不去蒙大拿做一番研究的话，我不可能走得很远。你能想象出我去蒙大拿吗？然而我仍然在写，计划写一系列关于家庭生活的幽默短文——就是考妮莉亚·奥蒂斯·斯金纳[1]写得很不错的那种东西。我对她的作品佩服得五体投地。

还有更多的内容——萨拉总爱以一种喜庆的语调为她的信收尾，哪怕她不得不勉为其难——但是来自圣查尔斯的信本质上的哀伤是清晰明白的。

杰克到家时，他又胸怀了远大的目标。他宣称不会再玩世不恭。每天晚上绝不再喝过量的酒。最重要的，绝不会再让学生们的功课占用他很多的时间。她是否意识到，他已经让生活发展到了几乎每天都在忙着批阅学生们作品的地步？那是多么的荒唐啊？

"……因为问题在这儿，艾米丽：这次旅途中我想了很多。离开一段时间，我就可以更加合理地思考一下各种问题。关键是我认为我的确能写出一本书。而唯一阻止我到夏天就把它搞定的问题

1　Cornelia Otis Skinner（1899—1979），美国女演员，编剧。

——唯一的问题——就是我的吊儿郎当。如果我认真点，再有点好运的话——你必须既认真，也要有点好运——我就可以完成它了。"

"很好，"她说，"这太好了，杰克。"

这个冬天似乎没完没了。火炉坏掉两次——他们不得不整天穿着毛衣和外套，肩膀上裹着毯子缩在壁炉前——车子坏了三次。甚至在他们两人都处于工作状态的时候，日子也是一幅惨淡尴尬的光景。进一趟城意味着要穿上厚厚的袜子和靴子，厚围巾围到下巴的位置，瑟瑟发抖，一直到车里的暖气装置把温暖的、带有汽油味的风吹到脸上，天空又白又近，就像那无处不在的雪，然后要在冰天雪地里开上险象环生的四英里。

一天，当艾米丽在超市买好东西——她已经学会如何不被超市弄傻，学会了如何快捷高效、速战速决——她在热气腾腾、辉煌闪亮的自助洗衣房里坐了很久。她透过自己那台洗衣机的观察窗看着里面肥皂水和浸湿的衣服在旋转；接着她又看其他的顾客，努力猜想哪个是学生，哪个是大学教师，哪个是城里的市民。她买了一条巧克力，味道竟出奇地好——仿佛，她自己并没有意识到，坐在那里吃这条巧克力是她一整天都想要做的一件事。在等着烘干过程结束的时候，她开始感到一种模模糊糊的恐惧，可是直到她站到温暖的、铺着棉绒桌布的叠衣桌前，她才想明白：她不想回家。她恐惧的不是在冰天雪地里开车，而是回家面对杰克。

"哼，操他妈的那个克鲁格，"二月份的一个傍晚，他走进屋子砰地把门摔上说，"如果可以的话，我想把他的蛋都踢掉。"

"比尔·克鲁格，你是说?"

"是的，是的，'比尔'，那个忸怩作态的狗屎小杂种，长着带酒窝的下巴，有一个迷人的老婆和三个忸怩作态的小姑娘。"就说了这么几句，直到他去给自己倒好一杯酒并一口喝掉半杯。然后，他一只大拇指抵住太阳穴，手掌遮住眉毛，好像是恐怕她看见他的眼睛，这时他才说："事情是这样的，宝贝。尽量想象吧。我是这里的小孩子们所称的'传统派'。我喜欢济慈、叶芝、霍普金斯和——狗屎，你知道我都喜欢什么。但是克鲁格是他们称作的'实验派'——他抛弃了所有一切。他最喜欢用的批评形容词是'大胆的'。有的小孩子吸大麻飘飘欲仙，并把脑子里随便想到的什么东西胡乱写下来，克鲁格会说：'嗯，这是一个非常大胆的诗句。'他的学生全都一个样，是这个城市里最目空一切、最没有责任感的孩子。他们认为做一个诗人就应该穿滑稽可笑的衣服，字要写得向一边倒。克鲁格出了三本书，今年还要再出一本，自始至终他妈的所有的他妈的杂志上都有他。你甚至就找不出一本见不到他妈的威廉·克鲁格这个名字的杂志，而且，宝贝，问题还在这儿呢——包袱在这儿呢：这个吹箫的小狗杂种比我年轻九岁。"

"哦。好啦，再怎么说，到底发生了什么？"

"狗屎。今天下午是他们所谓的情人节。那意味着他们会发一些'个人爱好表'，所有的孩子们都要写下下学期他们想要上的课的老师，随后老师们一起去把这些表格整理出来。当然，照理说大家都不在意的，而且人人都表现出漠不关心的样子，但是我的上帝啊，你应该去看看那些面红耳赤的面孔和抖抖嗦嗦的手。不管怎么说，我的四个学生选了克鲁格。四个。而且其中一个是哈维·克莱因。"

"哦，"她不知道哈维·克莱因何许人也——有些晚上她听话不是很专心——但是当前这个场合显然需要安慰，"好啦，杰克，我当然能明白这一定会让你心情不好，但关键是这不应该呀。如果我是学生处在这样的情况下，我也会想和尽可能多的老师一起学习。这不是很合理吗？"

"不是很合。"

"还有，你到这里不是为了把精力都浪费在恨克鲁格的事情上——甚至不是教育哈维·克莱因的。你来这里是为了把你的事情做完。"

他把手从额头上拿开，攥成一个拳头，狠狠地砸在桌子上，把她吓得跳了起来。"对啊，"他说，"艾米丽，这一点你说得完全正确。他妈的那本书才是我应该操心的事，每一天，甚至就是现在这一刻，如果晚饭前还有半个小时，我也应该坐到那张桌子前工作，而不是像这样，拿许多琐碎的、招人烦的烂事来折磨你。你是对的，宝贝；你是对的，我要感谢你提醒了我。"

但是那天晚上之后的时间里他还是沉默不语、情绪低落，叫人捉摸不透。要么是那天晚上，要么是两三天后的晚上，她在夜里三点钟醒来，发现他不在床上。然后她听见他在厨房里走来走去，把冰块放进杯子里。床周围的空气中弥漫着浓烈的烟味，好像他一直躺在那儿抽了好几个小时的烟。

"杰克？"她叫道。

"是呢。对不起把你吵醒了。"

"没关系。回床上睡觉吧。"

他回来了，但是没有睡下。他穿着睡袍颓着脑袋坐在黑暗中喝酒，很长一段时间，屋子里唯一的声音就是他偶尔的干咳声。

"哦，这不是我，宝贝，"他最后说，"这不是我。"

"这不是你，你什么意思？对于我来说这很是你的样子啊。"

"我是说我多么希望你能在我写第一本书的时候就认识我，哪怕是第二本书的时候也行。**那**才是我。那时我更加坚强。我知道自己究竟正在干什么并且我干出来了，其他一切都围绕着它各就各位。我没有整天哭哭啼啼、嚎叫咆哮、大喊大叫、又呕又吐。我没有像一具没皮没肉的骷髅四处晃荡，也不会在意别人怎么**看待**我。我不是——"他放低了声音，表明接下来这一点将是最具说服力且最致命的——"我当时也没有四十三岁。"

春天的到来使一切事情变得略微好一些。有很多天天气温暖，天空湛蓝；田野里，甚至树林里的雪都融化了，有一天早上去学校的路上，杰克突然折回来，冲进屋子宣称他在院子里发现了一棵番红花。

他们开始每天下午出去长时间地散步，沿着那条土路，穿过草地，来到大树下。他们并不多说话——杰克通常会低着头，手揣在口袋里沉思——但是他们的户外时光不久就成为艾米丽一天当中最兴奋的时刻。她热切地盼望着出去，就像杰克盼望回家后他们能喝点酒一样热切。每天下午她都越发不耐烦地等待那一刻，一到那时，她就穿上自己的小羊皮夹克，走到他的桌前跟他说："想去散会儿步吗？"

"散步，"他会说，一边扔下铅笔，就好像很高兴能够扔掉它似的，"上帝啊，这是个好主意。"

在他们从同一条马路上的一个邻居家领养了一只狗之后，散步甚至变得更加美妙，那是一只棕白相间的杂种梗犬，名叫辛迪。她会在他们身边撒欢奔跑或者围着他们转圈子欢跳，炫耀卖乖，抑或奔进田地里刨坑。

"看，杰克，"一次，艾米丽紧抓着他的胳膊说，"她在钻路下面的水管呢——她想要穿过整个管子，从另一头出来呢！"当小狗浑身泥浆、抖着毛从管子的另一头出来时，她喊道："太了不起了，辛迪！哦，好狗，好狗！"她拍手鼓掌，"好不利落啊，杰克？"

"是啊，的确是。"

他们最难忘的一次散步是四月里一个微风徐徐的下午。那天他们走得比平时远，穿过一块有车辙印的田地朝家走时，浑身疲惫，但是精神饱满，这时他们来到一棵孤零零的橡树前，那棵橡树似一只巨大的手腕和手掌，伸向天空。他们站在树荫里，透过枝干向上望去，眼前的一切迫使他们沉默下来，而他们都将记得是艾米丽先想到那个主意的。她脱下羊皮夹克扔在地上，然后对着他微笑——她认为风儿吹过，他的头发贴着他的前额，使他看起来非常潇洒——开始解开她衬衫的扣子。

顷刻间，他们就全身赤裸，跪着抱在一起；然后他托着她的后背在湿润的泥地上躺下来，口里说着："哦，宝贝；哦，宝贝……"他们都知道，如果有人敢靠近这个神圣的地方，辛迪几乎肯定会开始叫唤的。

半个小时后，回到家里，他拿着威士忌，局促地抬起头说："哇。哦，哇。那是真的——那是真的不一般。"

"嗯，"她说，垂着眼睛，感觉自己的脸在发烧，"住在乡间，如果不能偶尔做做那样的事，又算什么事儿呢？"

接下来的一个月几乎一直在下雨。从门口到车子那段泥泞的土路上全是死蚯蚓，上一年的落叶被风吹起来贴着那面落地窗，顺着雨水往下滑。艾米丽喜欢在窗前消磨时光，有时候看书，但大多数时候只是透过窗户盯着雨帘看。

"你到底在那儿看外面的什么？"杰克问她。

"没什么。只是想想，我想。"

"你在想什么呢？"

"我不知道。我该去洗衣服了。"

"哦，别这样；洗衣服可以等一等。我是说，你如果有什么烦心事，我愿意听一听。"

"不，不"，她说，"没有什么使我烦心的事。"然后她去把脏衣服拢在一起。

在她拖着重重的帆布包走向门口，再次经过他的桌前时，他抬起头说："艾米丽？"

"嗯？"

他四十三岁了，但是那一刻他挤出笑容的脸庞看起来像个无助的孩子。"你还喜欢我吗？"他问。

"哦，当然。"她对他说，一边忙着穿雨衣。

临近春季学期期末的时候，他说他觉得他的书大致上完成了。但这还不是一个得意洋洋的宣告，甚至算不上开心。"问题是，"他解释说，"我觉得还没准备好把它发出去。最重要的内容完成了，我想，但是它还需要裁剪、删减和修订。我认为将它收一个夏天可能是明智的。把九月设定为自己的最后期限，这样可以有整个夏天来修改它。"

"好呀，"她说，"好的。你有三个月不用上课。"

"我知道；但是我不想待在这儿。这里会死热死热，那会要命的。还有，你知道我们银行里有多少存款吗？我们几乎他妈的想到哪儿去都可以。"

她脑海中飞快闪现出两幅画面——一幅是东海岸或西海岸，巨浪拍击着岩石和白色的沙滩，另一幅是紫色的、云遮雾绕的山岭。去海滩或是去山间做爱，哪个会比这里更好？"嗯，"她说，"你想去哪里？"

"这正是我想要问的，宝贝。"他现在看上去的样子让她想起很久之前一个圣诞节早晨的爸爸，当时她和萨拉拆开礼物的包装，发现里面的东西正是她们想要的。"你觉得去欧洲怎么样？"

他们的飞行跨越了好几个时区，时间比美国早很多；早上七点钟他们到达希思罗机场时，神思恍惚、浑身打颤，由于缺乏睡眠眼睛里像进了沙子。去伦敦的路上没有什么可看的——看起来跟从圣查尔斯到纽约的路上并没有很大不同——旅行社推荐的廉价旅馆里挤满了跟他们一样小心翼翼、晕头转向的游客。

战争结束后不久，杰克·弗兰德斯和妻子在伦敦住过，此时他不断地强调这里的一切变化很大。"这整个城市看上去很像美国，"他说，"我想我们会发现到处变化都相当大。"但是他坚持说这里的地铁很不错——"等着瞧吧，你会看到它比纽约的地铁好很多"——然后带她去了他所谓的老邻里，那地方位于南肯辛顿区和切尔西区交界处，被富勒姆路从中隔开。

他常去的酒馆里的男招待起先没认出他，直到杰克说出自己的名字，并且跟他握手了才想来；接着他变得非常热络起来，但是从他不敢看杰克的眼睛的架势来看，他显然是在装。

"关键是我年纪太**大**了，根本就不会在意这些没良心的男招待是否还记得我，"当他们在离投飞镖游戏很远的一个角落里喝温啤酒时，他说，"而且，我一直还很讨厌那些美国人，他们从英国回来，讲着那些不可思议的小酒馆里过时的故事。我们走吧。"

他把她带到一条小街上一座黑黢黢的屋子旁，他曾经在里面的地下室住过，他从她的身边走开一点，盯着那间屋子，垂着脑袋沉思了很久很久。艾米丽站在路沿旁，无所事事地打量着街道，这边看看，那边看看，那条街非常安静，以至于可以听见街角控制交通信号灯装置的嗡嗡声、滴答声。她知道如果不耐烦那就坏了——也许他正在为一首诗运思——然而那也无法增加她的耐心。

"狗娘养的，"他终于转身从那座建筑旁走开时，静静地说，"记忆啊，记忆啊。这是一个错误，宝贝，回到这房子这儿来；它当真把我击中了。我们去喝一杯。当真地喝一杯，我是说。"

但是小酒馆都关门了。"没关系，"他安慰她，"在下个街角就有一个小俱乐部，叫'围裙带'；我曾经是那里的会员；我想他们会让我们进的。也许还会遇见一些我从前认识的人。"结果他们见到的是一个板着脸的西印度群岛来的门卫，他拒绝让他们进去；这家俱乐部自杰克走后已经换了老板。

他们坐进一辆出租车，杰克向前倾着身子郑重其事地对司机说："你可以送我们去一个可以喝酒的地方吗？我不是说那种漫天要价的豪华夜总会；我是说一个我们可以喝酒的正规的地方。"他把身子抽回来，靠着艾米丽的时候，说："我知道你肯定觉得这很无聊，宝贝，但是如果今晚我不能喝上一点威士忌，我**绝对**睡不着觉的。"

前厅里，一个身着燕尾服的人走上前来，看着像埃及人或是黎巴嫩人。"这里非常贵，"他带着温和而神秘的笑容告诉他们，"我不推荐这里。"但是杰克的酒瘾占了上风，于是他们坐在一个昏暗的铺着地毯的酒窖里，一个女人气的年轻黑人在弹着无病呻吟的鸡尾酒会乐曲，而那里面，两份酒的价格竟然要二十二美元。

"这可能是我这辈子做过的事情中最最傻的一个。"他们坐车回旅馆的途中杰克说，而当他们走进大堂，竟发现里面的酒吧还在营业得正欢。"哦,天哪,"他用手掌根敲打着他的太阳穴说，"对啊——我给忘了，旅馆的酒吧开到很晚的。这不是他妈的最傻蛋的事情吗？嗯，想来我们还是应该再喝一杯睡前酒吧。"

喝着她不想喝的威士忌，听着英国和美国口音刺耳的混杂——酒吧里一个年轻帅气的英国男人使她想起一九四一年见到的托尼·威尔逊的样子——艾米丽知道自己要哭出来了。她极力避免，用她小时候的一个方法，以前有时候有效的——用两个大拇指的指甲狠劲掐食指指甲下面的嫩肉，如此这般，这种近似自残的痛苦也许会比她涌漾的喉咙的难受更厉害一些——但是它失灵了。

"你还好吗，宝贝？"杰克问，"你看起来——哦，天哪，你看起来就像是要——等一下。等我去付一下账，然后我们——能坚持到我们上楼吗？"

在他们的房间里，她哭啊哭啊，而他把她搂在怀里，轻轻地抚摸，吻着她瑟瑟颤抖的脑袋，说："哦，宝贝，好了，好啦。我知道很糟糕，这一切都是我的错；再说了，也就是二十二美元的事。"

"这不是二十二美元的事。"她说。

"嗯，整个恶心的晚上，好吧。都怪我拖着你去看那所房子，然后就陷入我那大大的自我耽溺的沮丧情绪中；还有我……"

"不是你；为什么你总认为一切都是因为你呢？只是——只是因为这是我在国外度过的第一个夜晚，它让我感到很——脆弱。"这可够真实的，当她从床上起来擦鼻涕、洗脸时她就这样断定，但是这只是一部分的事实。余下的部分是，她不想跟一个她不爱的男人一起旅行。

巴黎要好一点；一切看起来就像她这辈子研究过的那些巴黎照片，于是她想去走上几个小时。"你不会累吗？"杰克会说，拖在她的身后。他过去也在这里生活过，但是现在当他步履沉重地沿街而行，带着一副赌气的、迷离的神情时，在他心目中，自己活像一个跌跌撞撞的美国游客。当他们走进巴黎圣母院那空阔的静寂中，她不得不把两根手指插进他后背的皮带里，以防止他径直走向那几排椅子，那里有人正坐着祈祷呢。

他们计划在戛纳多待一段时间，好让杰克可以写作。他说在戛纳他曾写出自己人生中最好的几个作品；这里对他有一种感情的魔力。再说了，这是切实可行的：她可以整天待在沙滩上，而他则可以整天闭关写作。

她的确很享受那片沙滩。她喜爱游泳，也乐意承认，她喜欢那些皮肤晒成褐色的法国男人盯着她身穿比基尼的样子时，投来的赞许的目光。很瘦，是的，他们貌似会说；胸小，这是肯定的；但是很漂亮。非常漂亮。

玩过了一天，她回到宾馆，发现他们的房间里充满蓝色的、刺鼻的烟味。"进行得怎么样？"她会问。

"很糟，"他站起身走来走去，面色憔悴，"你知道吗？一部诗集烂就烂在里面最弱爆了的那一首。其中有一些——比如五六首——很糟糕的话，那它们就会把其他作品都拖下水。整部书他妈的就将像一块石头一样沉下去。"

"休息一天吧。明天去沙滩。"

"不，不。那无济于事。"

一点忙都帮不上，好几天他都心烦气躁，满腹牢骚。最后他说："反正这里花费太贵了；我们花了一笔巨款啦。我们可以尝试去意大利，或者去西班牙。"

然后他们两个国家都去试了。

她喜欢佛罗伦萨的建筑和雕塑——她不断看见那些很久之前在艺术史课堂上学过的东西——然后她在廊桥旁的商店或者小摊上给普奇和萨拉还有男孩子们买些小礼物；但是罗马热得要把你的眼珠子烤化掉。她在去参观西斯廷教堂的路上差点就晕倒了：她不得不踉踉跄跄走进一家不大友好的咖啡店要一杯水喝；她不得不坐在那里盯着那些可口可乐看好长一段时间，然后才攒足力气返回令人窒息的旅馆，杰克在那里等着，耳朵后面夹着一支铅笔，牙齿上还咬着一支。

他们俩都坚持说他们喜欢巴塞罗那——有树，有温柔的海风；他们在能够接受的价格范围内找到一间凉爽的房间，城里还有一些可以坐坐、在下午喝一杯啤酒的好地方——但是马德里像伦敦一样神秘莫测、顽固不化。杰克说，马德里唯一的好处就是他们所住的旅馆里的酒吧，在那里，你点"威士忌"的时候，你的杯子总能得到慷慨的一份半的量。

然后他们去了里斯本，再然后就该回家了。

艾奥瓦市一切如前。见到了他们那所小房子，接着是里面的大房间，一年前的记忆被情景再现般地唤醒：似乎他们从未离开过。

艾米丽开车去寄养辛迪的人家把她接回来，那条小狗认出了她，又是摇尾巴，又是抖身子，还秀出牙齿，她突然意识到整个夏天自己一直都在盼望着这一刻。

十月份的时候，杰克说："记得我说过给自己设定的九月的最后期限吗？这应该给你一个教训，要你相信我和我那虎头蛇尾的最后期限。"

"你为什么不就现在这个样子把它寄出去呢？"她说，"一个好编辑会帮你删掉那些软弱的诗；或许甚至可以帮助你把它们修改得更好。"

"不，不，根本没有那么好的编辑。反正不仅是几首诗弱；整部诗集都有一种病态的、神经质的特征。如果我有勇气拿出来给你读，你就会知道我的意思了。不过我要去做你建议的**一件**事。我要把我的东西搬到那个小房间，在那里写。"

这样有一个进步：她不用再感觉到他整天都在盯着自己了。

在他开始在小房间里工作后不久，有一天，她趁着他去学校进房间去打扫，她使劲想把一个装着冬天衣服的很重的纸板箱移动一下位置。箱子翻倒打开了，她发现了一瓶威士忌，那是家里五瓶威士忌中的一瓶，还剩一半，藏在一件叠起来的大衣里面。她考虑把它拿出来跟其他几瓶正大光明地摆在橱柜里，但是最后，她还是小心地把它放了回去，放在它看似原来的地方。

她重新找出那篇《一个纽约客发现了中西部》的稿子，相当稳步地写啊写啊，写了好几天，但是她没办法把它写得前后连贯。她终于发现，问题在于那篇文章的核心观点是一个谎言：她根本**没有**发现中西部，那并不比她对欧洲发现得更多。

一个星期天的早上，她穿着睡袍坐在摇椅里，辛迪摊手摊脚地伏在她的膝盖上。她一只手端着早餐咖啡，另一只手抚摸着辛迪蓬松的短毛，一边小声哼着一首童谣，几乎根本没意识到自己是在唱歌：

"你好吗，辛迪？
你今天可好吗？
做我伙伴好不？
让我来把你教。"

"知道吗？"杰克在餐桌上笑着对她说，"你抱着那条小狗的样子，谁看了都会说你想要一个孩子。"

她大吃一惊："一个孩子？"

"当然，"他起身走过来站到她旁边，他的手指开始抚弄她的一缕头发，"不是每一个女人在某个时候都会想要一个孩子吗？"

她坐在那里有一个好处，那就是当他站在她身边时，她不必看着他的眼睛。"哦，我不知道，"她说，"当然，我想会吧；有时候。"

"或许应该指出的是，"他说，"你不会越变越年轻的。"

"说这些干吗，杰克？"

"让辛迪下来。站起来。过来抱抱我。然后我就告诉你。"他用胳膊把她紧紧搂在怀里，而她把头抵在他的胸前，这样她还是不用去看他的眼睛。"听着，"他说，"我当年结婚时，我还不知道自己在做什么；阴差阳错就结婚了；现在过了这些年，自从离婚后，我一直在说我不会再做那事了。可是关键的是你改变了所有的这一切，艾米丽。听着，不是现在——哦，不是现在，宝贝，但是不久——一旦这本该死的书完工——你觉得你可能会考虑嫁给我吗？"

他抓起她的双手，伸直双臂撑住她。他的眼睛闪闪发亮，他的嘴巴抿出一种形状，既像害羞，又有自豪，像一个小孩子刚刚偷到他的第一个吻。他的下巴上粘着一小粒蛋黄。

"嗯，我不知道，杰克，"她说，"这是一件我必须得考虑考虑的事情，我想。"

"好的，"他看似受了伤害，"好吧；我知道我根本不是奖品大礼包。"

"不是你的问题；是我自己。我只是不知道我是否准备要——"

"**好的**，我知道了。"过了一会儿，他走进那个小房间，关上了门。

他们仍然几乎每个下午都去散步——这片乡间因为秋天的树叶而绚烂多姿——但是现在散步时是艾米丽爱低着头走，盯着鞋尖暗自想着自己的心事。他们都不去提那件事，都避免走那条要经过那棵孤零零的橡树的路。

十一月的时候，她终于决定要离开他。她将会返回纽约，但不会去《食品界观察家》；她会找一份更好的工作，再找一处更好的公寓；她要开始一段新的、更好的生活，她要自由自在。

剩下的就只是怎样说出口了。她在心里想好开头的语句，并演练过几次："情况不大妙，杰克。我想我们俩都明白指的是什么。我已经决定，对于我们俩来说，最好的事情就是……"她坐在关着门的小房间外面等他。

等他出来时，他的举动就仿佛他后背上中了一枪。他坐进她对面的那张沙发，而她紧紧地盯着他，想看看他是否有一直在喝那瓶藏起来的酒的迹象，但他是清醒的。他眼睛瞪得圆圆的，就像一个演员来到一幕悲剧的最后结局时刻。

"我不能。"他宣称，只比耳语的声音高一点点，而这让她想起很多年前安德鲁·克劳福德在床上说"我不行了"的样子。

"不能什么？"

"不能写了。"

她已经反反复复像这样安慰过他很多次，而现在她已经说不出任何安慰和鼓励的话；她只能告诉他真相。"我希望你不要再这样说了。"她说。

"你希望？好吧，我也希望。我希望很多很多的事情。"

显然，她不能现在就告诉他。她等了两三天，直到如果再等下去她自己就要完蛋的时候，她把它说了出来。"情况不大妙；我想我们俩都明白指的是什么。我已经决定，最好的事情就是……"

后来她怎么都记不起来她是如何把那句话说完的，或者他作了什么回复，而她接下来又说了什么。她只记得他刚开始假装满不在乎的样子，接着他暴怒了，他高声喊叫，将一个威士忌酒杯摔在墙上——他似乎觉得，要是他们放开嗓门大吵一顿，或许就能留住她——然后他崩溃了，苦苦哀求她："哦，宝贝，不要这样；请不要这样对我……"

凌晨两点过后，她才在沙发上给自己铺好了床。

随着萧瑟的秋天迅速进入到冬天，她独自一人回到了纽约。

第三章

　　她知道自己是醒着的，因为她能看见灰白色的晨光在浮动，远远地现出一个拉上的软百叶窗形状。这不是梦：她正赤身裸体和一个陌生男人躺在床上，在一个陌生的地方，前一晚的记忆荡然无存。那个男人，不管他是谁，把一只沉重的胳膊和腿搭在她身上，把她压在床上，而她在挣脱出来的时候，撞翻了床头柜，玻璃哗啦一声摔碎了。这并没有吵醒他，他咕哝一声，转个身松开了她；这让她很容易就溜到床脚，爬下床，避开碎玻璃，顺着墙找电灯开关。她没有恐慌：以前她从来没有发生过这种事，但那并不意味着它就不会发生。如果她能找到自己的衣服，离开这里，叫辆出租车回家，或许依然有可能让生活回归正轨。

　　当她找到开关后，公寓在她周围显现了出来，但她没有认出它来。她也仍然没认出那个男人。他正背对着她，但她能看出他的侧影；她仔细地研究着它，仿佛是在画一幅写生画，但它没有任何意义。房间里唯一熟悉的东西是她的衣服，挂在一张灯芯绒面扶手椅的椅背上，不远处的地上散落着那个男人的鞋子、裤子、衬衫和内衣。"可耻"这个词浮现在她的脑海里；这是可耻。

她迅速穿好衣服，找到了浴室，而在镜子前面梳头时，她意识到离开这里并不是绝对至关紧要的；还有另一种选项。她可以洗个热水澡，然后去厨房煮咖啡，等他醒来；她可以用一个清晨的愉悦笑容来迎接他——一种微带含蓄的、老练的微笑——只要他们聊聊天，她就一定会记起她必须知道的一切：他是谁，他们如何相识，昨晚她去了哪里。一切都会回来的，她或许轻易就能断定自己喜欢他。他也许会调出血腥玛丽[1]来缓解他们的宿醉，然后带她出去吃早餐，结果也许会是——

但这种想法是不负责任的，是淫乱的，是可耻的，她当即就否决了它。她回到他睡觉的房间，把那张曾经放满瓶子和玻璃杯的细长腿桌子扶正。她找来一张纸，给他写了一张纸条，放在床头桌上：

小心：

地板上有碎玻璃

E.

然后她离开公寓，自由了。直到走到街上——原来那是莫顿街，靠近第七大道——她才感觉到昨晚她一定喝下了她并不习惯喝的那么多酒的厉害。阳光照射着她，将一道道黄色的疼痛刺入她的脑壳；她几乎什么也看不见，在使劲打开出租车车门时，她的手抖得厉害。但在回家路上，呼吸着从车窗吹进来的热风，她开始觉得好受一些。

1　一种用伏特加加番茄汁调制而成的鸡尾酒。

今天是星期六——她一边把其他一切都忘掉了，一边又怎么能那么肯定今天是星期六呢？——在她必须回去上班之前她还有整整两天恢复的时间。

那是一九六一年的夏天，她三十六岁。

从艾奥瓦回来不久，她就被一家小广告公司聘为文案，她有点像是掌管这家公司的女老板的被保护人。这是一份好工作，尽管她更愿意从事新闻工作，而这个工作最棒的一点在于，她可以住在一套又高又宽敞的公寓里，靠近格拉梅西公园。

"早上好，格莱姆斯小姐。"前台的弗兰克说。他脸上没有任何迹象暗示说，他很可能已经猜出她这一夜是怎么过的，但她不敢肯定：她摆出一种异常严肃的神色走过大堂，生怕他会拿眼睛一直跟着她看。

走廊的墙纸上绘着黄灰色的图案，是后腿直立的马匹；她已经走过几百次了都没瞧过一眼，但现在她走出电梯第一眼看到的就是，有人用铅笔在一匹马的两条后腿之间画了一根又长又粗的阴茎，底下还挂着一对大睾丸。她的第一个冲动就是找一块橡皮擦把它擦掉，但她知道这是行不通的：只能用新墙纸把它覆盖掉。

独自一人，安安稳稳地呆在锁上了的自家的门背后，她很高兴地发现，家里一切都干干净净的。她洗淋浴花了半个小时，在身上打肥皂、擦身体，开始回忆前一天晚上的事情。她去了一对已婚夫妇的公寓，还几乎不认识，在东六十几街，结果那是一个比她预期要规模大得多也喧闹得多的派对——那正说明是紧张让她喝得过快。她在喷流的热水下闭上眼睛，回想起海洋般有说有笑的人群，其中有几个陌生的面孔贴了上来：一个快活的秃头男人，他提出一个完全荒谬的观点，即肯尼迪当选总统都是金钱和公共关系的胜利；一个衣冠楚楚的瘦子，穿一身昂贵的西装，说"我知道你也在搞广告"。那个男人很可能就是她睡过的那个人，他用恳切的声音跟她谈了似乎好几个钟头，并且他那平淡、眉毛浓重的脸很可能就是她今天早晨研究过的那张脸。但她记不得他的名字了。奈德？泰德？大概这样的名字。

她穿上干净舒适的衣服，开始喝咖啡——她本想喝杯啤酒，但又不敢开一瓶——正要开始享受自己的生活回归现实的感觉时，电话铃响了。他已经彻底醒来；他已经哼哼着完成了晨间沐浴，并灌下一瓶啤酒；他已经找到可能是她留给他的号码，并准备送上他毕恭毕敬的小问候，既有歉意又有再度唤起的欲望。现在他要约她出去吃早餐，或午餐，而她得想好了该怎么说。她咬着嘴唇，等电话铃响了四次才拿起来。"艾美？"是她姐姐萨拉的声音，听起来像个害羞的、严肃的小孩，"听着，是关于普奇的，我恐怕是个坏消息。"

"她死了？"

"不；但是她非常——让我从头开始，好吗？我四五天没看见她了，这有点奇怪，因为她经常——你知道的——来这儿的，所以今天早上我让埃里克到车库公寓大致看一下，他跑回来说：'妈妈，你最好赶快过去。'她躺在客厅的地板上一件衣服都没穿，起初我以为她**死**了：我甚至不能断定她是否还有呼吸，但我敢肯定我能感觉到非常微弱的脉搏。还有一点：她还——我能直接说吗？"

"你是说她拉大便了？"

"没错。"

"嗯，萨拉，人是会这样的，当他们——"

"我知道，但是有脉搏。不管怎样说，不巧的是，我们自己的医生在度假，顶替他的是那种粗鲁的年轻人，我之前从没见过；他检查一番说她还活着，但是陷入了昏迷，他问我她多大了而我却答不上来——你知道普奇一贯是怎样对待她的年龄的——他环顾四周看到所有那些空威士忌酒瓶，他说：'嗯，威尔逊夫人，没有人会长生不老。'"

"她现在在医院吗？"

"还没有。他说他会安排的，但可能需要时间。他说我们可以相信救护车今天下午某个时候会来。"

当艾米丽在圣查尔斯从闷热的火车上下来时，救护车仍然没有到，萨拉开着和儿子们合用的那辆旧普利茅斯汽车在那儿接她。"哦，艾美，你来了我真高兴，"她说，"我感觉一切都好多了已经。"她开始载着妹妹回家，开得很慢，并为换挡和踩刹车大伤脑筋，好像她从来没有熟练掌握它们的窍门似的。

"真有趣，"当她们驶过一家粉白色的巨型购物中心时，艾米丽说，"我第一次来这里的时候，这儿还都是一片开阔地。"

"世界在变，亲爱的。"萨拉说。

但是老威尔逊家里的一切都没有改变，除了高高的杂草早已经遮住小小的"大树篱"牌子。托尼的栗色雷鸟车停在车道上闪闪发亮。他每隔一年就给自己买一辆新车，别人都不准开；萨拉曾经解释说，这是他唯一的奢侈。

"托尼在家吗？"艾米丽问。

"不；他今天和马格南工厂的几个家伙去钓鱼了。他甚至还一点都不知道这件事呢。"她把车停在离雷鸟车相当远的地方，下了车站在那里，对着手里的车钥匙皱着眉头，然后她说："你看，艾美，我知道你一定饿坏了，可我想我们应该先去看看普奇。我意思是，我不想让她就那么**躺**在那里，好吗？"

"当然，"艾米丽说，"当然；那还用说。"她们走过嘎吱嘎吱响的碎石路，来到被太阳晒焦的盒子"车库"面前，那个车库的空间太小，停不了新式摩登的车辆。艾米丽曾到楼上公寓里探望过妈妈几次——在矮矮的纤维板天花板下听她聊几小时的天，盯着脏兮兮的纤维板墙上那些自己和萨拉孩提时候的照片，等着一有机会就逃脱——但是这一切，都没有为她现在会在吱吱作响的楼梯顶上发现的情况做好准备。

那个裸着身体的老妇人脸朝下趴着，像是被地毯绊了一跤向前跌倒了。房间里热得让人简直受不了——单是这炎热就可能轻易地让她趴下——威士忌酒瓶确有其事：房间里散放着六个或者八个酒瓶，全都是"贝娄斯伙伴精选"，全都是空的。（她是不是觉得不好意思把那么多瓶子扔进垃圾箱让某个孩子拿走？）

"姑娘们，我对这一切感到非常抱歉，"她似乎在说，"难道我们不能做点什么吗？"

"你觉得我们能把她弄到床上去吗？"萨拉说，"一边等救护车？"

"对的。好主意。"

她们首先整理卧室。缠作一团的床单看上去好像好多个星期都没换过，而萨拉也找不到干净的，但她们还是竭力把床弄得像个样子；然后她们去抬她。到这时她们俩都已是大汗淋漓，气喘吁吁。

她们蹲下去，把她翻过来，仰面躺着。艾米丽抱着她的腋下，萨拉抱着她的腿弯，她们抬起了她。她很小，却很重。

"小心门框，"萨拉说，"它太窄了。"

她们把她靠在床上并使其保持正直，同时萨拉用梳子梳理她稀稀拉拉的头发。

"别管那个啦，亲爱的，"她那软塌塌的脑袋在梳子下面左右摇晃着，似乎在说，"稍后我可以自己做。把我盖上就行了。盖上我。"

"好了，"萨拉说，"这样好些了。喂，如果你能把她转过去点，我就把她的脚抬起来，我们就——就这样——轻轻地；轻点儿——好了。"

她头靠在枕头上仰面躺着，她的女儿们从她那丑陋衰老的身体那儿退后几步站着，感到一种解脱和成就感。

"你知道吗？"萨拉满面笑容地说，"等**我**到她这个年纪，要是能有这么好的身材，要我付多大的代价都愿意。"

"嗯。她有睡衣或者什么吗？"

"我不知道；找找看。"

她们唯独所能找到的是一件浅色的夏天穿的晨装，堪堪算干净。她们两个人挤在一起，弯着腰，设法把衣服的一只袖子套上她一只软弱无力的胳膊，然后把那件薄薄的衣服从她的背下塞过去，把另一只袖子套上；当晨衣终于拉上扣紧时，她们的妈妈就穿戴好了，她们把上面的床单拉到她的下巴。

"嗯，我可以告诉你这一向都不容易，"她们回到客厅去收拾威士忌酒瓶时萨拉说，"过去这几年让她住在这儿可一直不容易——

到现在几年了，四年了？"

"我能想象。"

"我是说瞧瞧这地方吧。"她一只胳膊抱着三四个瓶子，另一只空着的手在房间里四处比划着。目之所及到处都蒙着一层污垢。烟灰缸里堆满了小山一样的很短很短的烟蒂，几乎要溢出来。"到这儿来；看看这个。"她领着艾米丽走进浴室，指着抽水马桶，马桶的水线上下都是黄褐色的。"**哦，要是她能一直住在城里，**"萨拉说，"有事可做，有人可以见见。因为问题是，她在这里绝对没有任何事情可**做**。她总是到那边的房子里去，而她不愿看电视；她不让我们看电视；她不停地说啊说啊，直到托尼都快要疯了，而且她还——她还——"

"我知道，宝贝。"艾米丽说。

她们下了楼——新鲜的空气感觉很好，即便天气炎热——抱着满满一抱的威士忌酒瓶走到主屋的厨房门口，把酒瓶狠狠地塞进一个爬满苍蝇的垃圾桶。

"你知道我在想什么吗？"她们筋疲力尽坐在厨房餐桌旁时，萨拉说，"我想我们俩都应该喝一杯。"

半下午，救护车来了——四个手脚麻利、精力充沛的年轻人，身着明晃晃的白衣，他们看似挺享受他们的工作。他们把老太太固定在一个铝制的担架上，迅速而细致地抬着她下了楼，推进车里，砰地关上车门走了。

那天晚上萨拉开车带着艾米丽一起去医院，一位看起来很疲惫的医生向她们解释了脑出血的情况。她们的妈妈可能会在第二天左右去世，他说，或者她可能会带着严重的脑损伤活上很多年。在后一种情况下，她将可能不得不住进社会福利院。

"……当然，社会福利院要花钱的，"当她们驶过崭新整洁的郊区慢慢朝家开时，萨拉说，"我们可**没有**那么多钱。"

"吃"，前方一个大电子牌上写着；在它下面，用小一点的字体写着"鸡尾酒"，萨拉把老普利茅斯开进了停车场。

"反正我现在还不想回家，"她说，"你呢？"当她们在一个徒有其表的小隔间里坐下来，她说："相比于喝酒，我真的更想要空调；感觉好极了，可不是吗？"然后，她举起酒杯，突然显得很年轻，说："祝普奇彻底康复。"

"好吧，"艾米丽说，"我想我们最好不要指望会有那样的事，萨拉。医生说——"

"我知道他说的什么，"她坚持说，"但我同样了解普奇。她是个非同凡响的女人。她很坚强。**我**打赌她能从这事中恢复过来。走着瞧吧。"

争辩没有意义；艾米丽同意对普奇边走边瞧。有那么一会儿她们都一言不发，而艾米丽利用这段沉默，既困惑又懊恼地反复掂量自己今天早上醒来时的样子。奈德？泰德？她还会想得起来吗？她这是喝酒喝到酒鬼们所说的断片了？

当她再次把目光聚焦到姐姐的脸上时，那张脸因为说到彼得而光彩熠熠，彼得秋天就要开始上大学了，他把上大学只看作是进神学院的一种必要准备。

"……这么多年来，他的雄心从未动摇过。那就是他想做的事，他将会做到的。他是个非同凡响的孩子。"

"嗯。那小托尼呢？他去年应该就高中毕业了吧。"

"对的；只不过问题是他没有毕业。"

"哦？你是说他的成绩不够好？"

"没错。哦，他本可以毕业的，但是他几乎一整年时间都忙着跟这个——我没告诉过你那事吗？"

"一个女孩，你是说？"

"她不是女孩，这才是关键的关键。她三十五岁了。她离婚了，很有钱，她毁了他。毁了他。我甚至没法和他说上话，他爸爸也不能。连彼得也不行。"

"哦，好吧，"艾米丽说，"许多男孩子都有这样的经历。我想他会没事的。很可能这对他是件好事，从长远来看。"

"他爸爸就是这么说的，"萨拉若有所思地看着酒杯，"至于埃里克——嗯，埃里克有点像小托尼。也有点像他的爸爸，我想。从来就不像个学生；他关心的全是车子。"

"你呢——写了什么东西吗，萨拉？"

"哦，不算是。我多半已经是放弃写那些幽默的家庭生活小品文。我写了四篇，但托尼说它们不好笑。他说它们不错——写得很棒，细节满满，能吸引住你，诸如此类的话——但他说它们并不好笑。也许我太刻意了。"

"什么时候我可以看一下吗？"

"当然，如果你想看的话。只是你很可能也不会觉得它们好笑。我不知道。幽默要难得多，比起——你知道的——严肃的文章。不论怎么说，对我来说更难。"

艾米丽又走神了，想着她自己的烦心事；直到她意识到萨拉把话题转移到了钱上，她才回过神来。

"……你知不知道托尼从马格南工厂拿回家的工资是多少?"她在说,"等等,看;给你,我拿给你看。"她在钱包里翻找,"这是他上一张工资支票的存根。看看吧。"

艾米丽原来就以为工资不会很高,但即便如此,她还是感到惊讶:比她在广告公司挣的还少一点点。

"而他已经在那儿工作了二十一年,"萨拉说,"你能想象吗?还是大学学位那又破又烂、傻了吧唧的老一套,你知道的。所有他这个年龄、拥有工程学位的人现在都是高层管理人员了。当然,托尼也是一个管理岗位,可那却是一个低了很多的——你知道的——管理部门。我们唯一的其他收入是小屋的租金,可大部分的租金都用在房屋维护上了。你知不知道我们要付多少**税**?"

"我一直以为老杰弗里多少能够帮帮你们。"

"杰弗里比我们还穷,亲爱的。那个小小的进口公司赚的钱几乎只能付得起他们在城里的房租,而且埃德娜一直病得很厉害。"

"所以根本就没有任何——遗产什么的。"

"遗产?哦,不。从没有过那种东西。"

"好吧,萨拉,你们是怎么过过来的?"

"哦,我们过过来了。紧紧巴巴刚刚好,我们过过来了。每个月的第一天,我就坐在餐桌旁——我让孩子们也和我一起坐下来,至少在他们小一些的时候是这样;对他们来说学会用钱是件好事——我把一切都分列成账目。首先而且最重要的是 G. H. 的账单。它包括——"

"'G. H.'?"

"大树篱。"萨拉说。

"你为什么这么叫那个地方？"

"什么意思？它一直就是叫——"

"普奇给它起的这个名字，宝贝。她想出来的时候我就在场的。"

"她起的？"萨拉看起来非常震惊，这让艾米丽后悔自己说了那番话。她们都伸手去拿酒。

"听着，萨拉，"艾米丽开始说，"这可能不关我的事，但你和托尼为什么不把那地方卖掉呢？那些房子不值什么钱，但想想那片地。你们有八英亩地，位于长岛发展最迅速的地方之一。你们很可能会——"

萨拉在摇头了。"不；不，那是不可能的。我们不能那么做；这对孩子们不公平。他们喜爱这个地方，你知道。这是他们的家。这是他们知道的唯一的家。还记得我们小时候有多糟糕吗？从来没有一个——"

"可是孩子们都**长大**了，"艾米丽说，酒精开始在她体内起作用了：出口的话比她本想说的要尖锐得多，"他们很快就都要离开的。现在不正是你和托尼为你们自己着想的时候吗？关键是你可以住到一个舒适、便捷的现代化房子里，只占一半你们现在花在——"

"那是另外一回事，"萨拉说，"即使不是为那些孩子，我也很难想象托尼和我住在某个迂腐的小——"

"'迂腐'？"

"**你**知道的，那些小小的传统的农场房屋，和其他的房子毫无区别。"

"这不是'迂腐'的意思。"

"这不是吗？我以为这个词意味着传统。不管怎样讲，我不明白我们怎么能做出那样的事。"

"为什么不？"

争吵持续了半个小时，一遍又一遍在原地打转，直到最后，当她们站起来准备回到车上时，萨拉突然让步了。"哦，你说得对，艾米，"她说，"卖掉那片地**会**对我们有好处。对孩子们也有好处。只是还有一个障碍。"

"那是什么？"

"你永远说服不了托尼。"

回到家里，她们走过满是垃圾味的厨房，穿过餐厅，穿过散发着霉味的、吱呀作响的客厅——艾米丽一直期待着能看到老埃德娜蜷缩在那沙发上笑——再走进被萨拉称作的休息室，托尼和彼得正在那里看电视。

"嗨，艾美阿姨。"彼得一副成年人的嗓音说，一边站起身来。

托尼缓缓地立起身，似乎不情愿从电视机前离开，手里拿着一罐啤酒走上前来。他还穿着钓鱼穿的衣服，沾着星星点点的鱼饵料污渍，他的脸被晒得发亮。"我说，"他说，"普奇的事我很遗憾。"

彼得关掉隆隆作响的电视，萨拉把医生的话给他们做了完整的报告，最后以她自己罔顾事实的病情预测做结："**我打赌她会恢复过来。**"

"嗯。"托尼说。

那天晚上好几个小时——在托尼和彼得上床睡觉之后很久，在埃里克甚至小托尼无精打采地进来，嘟哝着向阿姨问好，又嘴里咕哝一番为外婆感到难受的话之后很久——格莱姆斯姐妹都没睡，一边喝酒一边聊天。她们先是在休息室，后来转移到客厅，萨拉说那里更凉快些。在这里，艾米丽盘腿坐在地板上，为了方便拿咖啡桌上的酒，而萨拉则靠在沙发上。

"……我永远忘不了特纳弗莱，"萨拉在说，"还记得我们住在特纳弗莱的时候吗？在那种拉毛灰泥房子里，浴室在底楼？"

"我当然记得。"

"那时我九岁，你一定差不离是五岁吧；那是他们离婚后我们住的第一个地方。无论怎样，爸爸过来看过我们一次，而在你上床睡觉后他带我出去散步了。我们去了杂货店，买黑白双色的冰淇淋汽水。在回家的路上——我还记得那条街，记得它弯弯曲曲的样子——在回家的路上，他说：'宝贝，我能问你一个问题吗？'然后他说：'你更爱谁，你妈妈还是我？'"

"我的上帝呀。他真的那么说吗？那你怎么说？"

"我告诉他——"萨拉抽了下鼻子，"我告诉他我得好好考虑一下。哦，我知道，当然，"——她的声音颤抖得失去控制，但她又恢复了过来——"我知道我很爱他，比普奇多很多很多，但照直说出来显然是对普奇极大的背叛。所以我说我要好好考虑一下，第二天再告诉他。他说：'你答应我？如果我明天给你打电话，你到时候告诉我吗？'我答应了。我记得那天晚上我无法正视普奇的脸，也没睡好，但当他打电话来时，我告诉了他。我说：'你，爸爸。'我想他会哭的，当场就在电话里。他从前经常哭，你知道的。"

"他哭？我从没见过他哭。"

"嗯，他哭的。他是一个非常情绪化的人。不管怎样，他说：'好极了，亲爱的。'我记得他没有哭，这让我松了一口气。紧接着他说：'听着。一旦我把一些事情处理好，就接你过来和我一起住。也许不会是马上，但会很快的，我们将一直在一起。'"

"天哪，"艾米丽说，"可当然这事他什么也没做过。"

"哦，过了不久我就不指望这事会实现了；我不再去想它了。"

"而你不得不继续跟普奇和我住在一起，"艾米丽摸出一支香烟，"我根本没想到你们有过这样的事。"

"哦，别误会，"萨拉说，"他也爱你；他过去一直问我你的情况，尤其是后来，你长大以后——你长得什么样，你想要什么样的生日礼物——你知道的。只是他从来没有真正地彻底了解你。"

"我知道。"艾米丽喝了口酒，发现酒精似乎直接从她的上颚流进她的血管，增加了她深切的忧郁感。现在她要讲她自己的故事了；它或许不像萨拉的故事那么忧伤，但它值得讲。"还记得拉奇蒙特吗？"她开始道。

"当然。"

"嗯，那年爸爸来过圣诞节……"她讲了自己如何躺在那里醒着听见父母在楼下说啊说，还有她如何大声喊妈妈，于是妈妈上来了，浑身的杜松子酒味，妈妈说他们在"达成一个新的谅解"，以及如何在第二天所有的希望都破灭了。

萨拉点头表示确有此事。"我知道，"她说，"我记得那个晚上。我也醒着的。我听见你在叫。"

"真的?"

"我听见普奇上来。我和你一样兴奋。然后过了一会儿，大约半个小时后，我起身下楼了。"

"你下楼了?"

"嗯，客厅里光线不是很亮，但我能看见他们一起躺在沙发上。"

艾米丽咽了一下口水。"你的意思是他们在——做那事?"

"嗯，光线不是很亮，但他在上面，而那是——你懂的——那是一种非常情意绵绵的拥抱。"萨拉迅速拿起酒杯遮住自己的嘴巴。

"哦，"艾米丽说，"我明白了。"

她们俩沉默了一会儿。然后艾米丽说："我真希望你老早以前就告诉我这事了，萨拉。或者不，仔细想想，我想我很高兴你没有。对我讲点别的吧。你是否清楚他们为什么离婚?哦，我知道**她的**说辞——她感到'窒息'；她想要自由；她过去总是把自己比作《玩偶之家》里的那个女人。"

"《玩偶之家》，没错。嗯，这是部分的原因；但随后在他们离婚几年后，她觉得想回到他身边，但是他却不愿要她。"

"你确定吗?"

"绝对。"

"为什么?"

"嗯，想一想吧，艾美。如果你是个男人，你会愿意要她回来吗?"

艾米丽想了想。"不会。可是那么，他当初为什么娶她呢?"

"啊，他爱她；别怀疑这一点。他曾经告诉我，她是他见过的最迷人的女人。"

"你在开玩笑吧。"

"好吧，也许他没说过'迷人'。但他说她对他施了魔咒。"

艾米丽端详着手里的酒。"不管怎么说，你是什么时候跟他**谈**

到的这些?"

"哦,大多数都是在我戴牙套的时候。我没必要**必须**每周去市里一次,你明白的——牙医只要我一个月去一次。那个每周一次的故事是我和爸爸编的,这样我们就有更多的时间在一起了。普奇绝对都不知道。"

"我也不知道,"即使是现在,都三十六岁了,艾米丽还是嫉妒,"而那个艾琳·哈蒙德是谁?"她问道,"我在爸爸葬礼上见到的那位太太?"

"哦,艾琳·哈蒙德只是最后几年的事情,快到他生命尽头的时候。还有别的人。"

"是吗?你见过她们吗?"

"一些。两三个吧。"

"她们人好吗?"

"其中有一个我一点也不喜欢;其他人都挺好。"

"你认为他为什么始终没有再婚?"

"我不知道。他说过一次——是在我和唐纳德·克莱伦订婚的时候——他说,一个男人应该在他的工作中感到幸福了才去结婚,也许这只是部分原因。他从来没有对自己的工作感到幸福过,你明白的。我是说,他曾想成为一名伟大的记者,像理查德·哈丁·戴维斯,或者海伍德·布鲁恩[1]那样的。我想他从来没搞清楚,为什么他只是——你知道的——只是一个处理稿件的人。"

---

1 Richard Harding Davis(1864—1916),美国著名作家、编剧、记者。Heywood Broun(1888—1939),美国著名报纸专栏作家、记者。

这句话切中了要害。她们整晚都一直在抑制着自己的眼泪，整整一晚上，但这个词语太得力了。萨拉率先哭出来，艾米丽从地板上站起来，将她搂在怀里安慰她，最后很显然她安慰不了任何人，因为她自己也哭了。她们的妈妈在二十英里外身陷昏迷，她们醉醺醺地抱在一起，为她们失去了爸爸而哭泣。

普奇第二天没有死，第三天也没有。到第三天结束的时候，可以认为她的情况已经"稳定"了，于是艾米丽决定回家。她想回到自己有空调的公寓去，那里闻不到任何的霉味，一切都干干净净，并且她想回去上班了。

"可惜我们不能再和你在一起了，艾美。"托尼开着他的雷鸟车把她飞快地送到车站的时候说。当他把车停在月台附近等火车时，她意识到再不会有比这更好的机会让她提出卖掉那个地方的问题了。她尽力说得圆通些，摆明了她知道这不关自己的事，并暗示这肯定是他之前已经考虑过的事情。

"哦，上帝，是的，"当他们听到火车驶来的声音时，他说，"我很乐意摆脱这一切。让他们用推土机把它埋了吧。如果由我决定，我就——"

"你的意思是这**不是**由你决定的？"

"哦，不，宝贝儿；是萨拉，你知道的。她从来不听的。"

"但萨拉说她**想**这么做。她告诉我说不想这么做的是**你**。"

"哦？"他说，看上去愣住了，"是这样吗？"

火车来到他们身边，伴随着铺天盖地的噪音；除了说再见艾米丽做不了任何事情。

当她在自己的那一层走出电梯时——墙纸上那匹马的阴茎和睾丸还突出在那儿——她几乎累得站不直身子。公寓里凉爽、舒适，就像她所知的应该的那样，她瘫坐在一张松软的椅子上，脚后跟在地板上笔直地滑出去。这是疲惫。明天她将坐车去上城到鲍德温广告公司去，她将使出自己的全部才智、高效地工作，如他们对她期望的那样，她将一周内什么都不喝，除了每天下班后喝上一瓶啤酒或者一杯葡萄酒。她立即就会恢复自己原来的模样。

但与此同时，现在才是晚上八点；这儿没有任何想要读的东西；电视上没有任何可看的；没有任何可做的，除了坐在这儿，在脑海里一遍又一遍地回忆在圣查尔斯的经过。过了一会儿，她站起来，嘴里含着拳头在地板上踱来踱去。然后她的电话响了。

"艾米丽？"一个男人的声音说，"哦，哇，真是你吗？我一直在给你打电话，一直给你打电话。"

"你是谁？"

"我是泰德；泰德·班克斯——星期五晚上，记得吗？从星期六早上起我就一直给你打电话—— 一天三四次，可你就是不在家。你还好吗？"

听到他的声音和他的姓，一切都回来了。她眼前浮现出他那张平淡而眉毛浓重的脸，想起他的身材、体重和感觉；一切都想起来了。"我去外地过了几天，"她说，"我妈妈病得很重。"

"哦？她现在怎么样了？"

"她——好多了。"

"好极了。听着，艾米丽，首先我想要道歉——我已经很多很多年没有喝那么多了。我不习惯这个了。"

"我也是。"

"所以，如果我出了一场大丑，我非常地——"

"没关系；我们俩都挺傻的。"她不再感到累，即使累也是一种令人愉快的、来路正当的累。她感觉挺好。

"好吧，听着：你认为我能再见见你吗？"

"当然了，泰德。"

"哦，太好啦；那太好了。因为我真的——什么时候？要过多久？"

她满心喜悦地扫了一眼自己的公寓。一切都干干净净；一切都准备就绪。"嗯，"她说，"几乎随时都可以，泰德。为什么不就今晚呢？给我半个小时，洗一洗，换身衣服，然后——你知道的——过来吧。"

第四章

疗养院差不多位于纽约市区和圣查尔斯的半中间，是一家马马虎虎的圣公会休养所，妈妈的疗养费由格莱姆斯姐妹分摊。最初，艾米丽每个月去一次；后来她减少到一年去三四次。她的第一次拜访是在普奇病倒后的那个秋天，是她最难忘的。

"艾美！"老太太喊道，半躺在医院的病床上，"我就**知道**你今天会来！"

乍一看，她面色惊人地好——她双眼熠熠发光，假牙在热情满怀的微笑中露了出来——但接着她就开始说话。她流着口水的嘴巴努力着，发出一些含糊不清的音节，那方式是对她这辈子说话方式的一种慢镜头的戏仿。

"……我们一切都进展得这么顺利，这不是很了不起吗？想想吧！萨拉是个真正的公主，再看看**你**。我一直都知道我们这家人有些不一般。"

"嗯，"艾米丽说，"好吧，你看起来很好。你感觉怎么样？"

"哦，我有点儿累，但我是太高兴了——为你们俩一起感到高兴，感到骄傲。尤其是你，艾美。很多女孩都嫁给了欧洲王室——只有，你知道那件可笑的事吗？我还没能学会念他的姓呢！——但又有多少人能成为第一夫人呢？”

“你——在这儿开心吗？”

“哦，够好的啦——当然了，我就知道这很好，就建在白宫里——但我要告诉你一些事，亲爱的，”她压低声音，变成一种舞台表演似的急切的耳语，“这里有些护士在和总统的岳母打交道时，不知道该如何行事。反正——”她靠回到枕头上，“反正，我知道你一定特别忙；我就不耽误你了。他前两天顺路来看过我。”

“他来过？”

“哦，就几分钟，在他的新闻发布会后，他叫我普奇，还给我一个轻轻的吻。多么英俊的男人，脸上带着美丽的笑容。他有这般的——这般的范儿。想想吧！他是美国历史上最年轻的总统。”

艾米丽仔细地盘算好自己的下一句话。“普奇，”她说，“你一直做梦很多吗？”

老太太眨了几下眼睛。“梦，噢，是的。有时——”她突然显得很恐惧，“有时我会做噩梦，可怕的梦，里面有各种各样可怕的东西，但我总会醒来，”她的脸松弛下来，“当我醒过来，一切又都好极了……”

在她离开那地方的途中，她经过了许多房门敞开、里面有人在嘀嘀咕咕的房间，房里摆满床和轮椅，偶尔还能瞥见一个老朽的头，她找到了一个护士站，里面有两个身着白衣服、腿很粗的年轻女人在喝咖啡、看杂志。

“对不起。我是格莱姆斯太太的女儿。2－F号的格莱姆斯太太。”

其中一个护士说："哦，你一定是肯尼迪夫人吧。"另外那个，脸上带着一丝疲劳的微笑，以表明她只是在开玩笑，说："能给我签个名吗？"

"这正是我想问的。她总是这样吗？"

"有时；不总这样。"

"她的医生知道吗？"

"嗯，你得问问他。大夫只在周二和周五上午才来。"

"我明白了，"艾米丽说，"好吧，那么，像这样子顺着她一直演下去会更好吗，还是尽力去——"

"没多大区别，这样或者那样，"护士说，"我不会担心这个，夫人姓——？"

"格莱姆斯；我还没结婚。"

这种幻觉没持续多久。整个冬天，普奇看似都知道自己是谁，大部分时间如此，但她说话语无伦次。她能安坐在椅子上，甚至可以四处走动，尽管有一次她尿在了地板上。到了春天，她已经变得阴郁不乐、沉默不语，只会抱怨说视力在下降、护士们马虎大意和没有香烟抽。有一次，她要求一个护士给她拿来一支口红和一面镜子，她研究着自己皱眉时的表情，然后在镜面上画了一个圆润饱满的猩红色嘴唇。

那一年，艾米丽被提拔为鲍德温广告公司的"文案总监"。汉娜·鲍德温，一个苗条的、精力充沛的"姑娘"，五十来岁，喜欢让人知道她的公司是纽约仅有的三家由女性开办的广告公司之一，还告诉艾米丽说她在这一行前途无量。"我们爱你，艾米丽。"她不止一次这样说，而艾米丽不得不承认这种爱是相互的。哦，不是爱，确切地说——肯定不是彼此互爱——更多的是相互尊重和满意。她享受她的工作。

但她更享受她的闲暇时光。泰德·班克斯只维持了几个月；问题主要在于，他们在一起时两人都有一种不可抗拒的酗酒冲动，仿佛他们都不想在清醒的状态下触碰对方。

和迈克尔·霍根在一起，一切都有一个更加聪明的基础。他是一个粗犷、精力充沛、出奇地温柔的人；他拥有一家小型公关公司，但他很少谈论自己的工作，以至于她有时会忘记他是靠什么谋生的，而他最大的优点是他对她几乎没有情感上的要求。甚至都不能说他们是亲密的朋友：可能整整几周她都听不到他的消息，或者也得不到他的关心，而当他突然打电话来了（"艾米丽？想一起吃晚饭吗？"），那情形就好像他们从来没有分开过一样。他们都喜欢这种状态。

"你知道吗？"有一次她对他说，"能和你一起享受周日时光的人并不很多。"

"嗯。"他说。他正在刮胡子，浴室的门敞着，他就站在那里面一点；她则靠着枕头躺在他的大双人床上，翻看他的那份《纽约时报书评》。

她翻了一页，一幅杰克·弗兰德斯的照片跃入眼帘，看上去比她上次见到的时候老了许多，更悲伤了许多。在同一整版的书评中还有另外三个人的照片，总的标题是"春季诗歌综述"；她快速浏览了几栏文字，找到有关杰克的那部分。

人到中年，曾经变动不居的约翰·弗兰德斯已经平心静气地接受了万物的本来面目——失去的东西所带来的强烈悔恨一次又一次将他刺穿。《日与夜》，他的第四本书，展现出了细致入微的技艺，这也是我们一直意料之中的，但除此之外，太多的时候却是没有任何值得羡赏之处。接受和悔恨就够了吗？对于日常生活，也许吧——不，有人质疑说，对于更高的艺术追求来说是不够的。笔者怀念弗兰德斯往日的激情火焰。

其中有一些爱情诗很感人，尤其是《艾奥瓦的橡树》，最后一节强劲有力、充满情色意味，还有《求婚》那奇异的开头几行："我看着你逗弄狗，心想/这个女孩想从我这里得到什么？"然而，在其他地方，我们将不得不随便打发，将一首又一首诗视为平庸或多愁善感之作。

最后那首长诗应该在付梓前就从手稿上撤除。甚至它的标题也很拙劣——"重访伦敦追忆"——而作品本身在双重闪回中演绎着一种令人困惑的尝试：诗人悼念有一次他站在一扇伦敦的大门前悼念更早的另一段时光。一首诗能承载多少懊恼而又不显得荒唐可笑？

合上这薄薄的诗集，带着某种诗人自身的一种"遗憾中的遗憾"的怅然若失，带着对他无限渺茫的希冀。

接着来看威廉·克鲁格才华横溢、大胆创新的新作，我们发现了一种只能被称为"诗意财富的尴尬"的东西……

迈克尔·霍根电动剃须刀的嗡嗡声已经停了有一会儿；她抬头一看，发现他正在自己肩后窥视。

"在看什么？"他问她。

"没什么；只是上面有一个我以前认识的人的一些事情。"

"是啊？哪一个？"

那一版有四张照片，她可以很轻易地指个其他人——甚至是克鲁格——而迈克尔·霍根绝不会知道，也不会关心，但她感到一种旧日忠诚的悸动。"他。"她说，用食指碰碰杰克的脸。

"看着像是他刚刚失去了一位朋友。"迈克尔·霍根说。

一个星期五的早晨，萨拉打电话到办公室，兴冲冲地问她是否有空一起吃午饭。

"你是说你在城里？"

"没错。"

"很好，"艾米丽说，"什么情况？"

"嗯，托尼今天要来参加一个商务会议，这是其中的一部分原因，但主要是我们有今晚的票，要去看罗德里克·汉密尔顿演的《回家吧，陌生人》，之后我们要到后台去见他。"

罗德里克·汉密尔顿是一位著名的英国演员，他的新剧最近在纽约开演。"那太好了。"艾米丽说。

"他和托尼在英国一起同过学，你知道的——我以前告诉过你吗？"

"是的，我相信你说过。"

"一开始托尼很害羞，不敢给他写信，但我让他写了，我们收到了一封非常友好、非常热情的回信，说他当然记得托尼，也想再见见他，并且也想见见我。这太令人兴奋了不？"

"那当然了。"

"所以啊。我们住在罗斯福酒店，而托尼一整天都不在。你为什么不来吃午饭呢？他们这儿有一个很好的地方，叫作'狂野骑手餐厅'。"

"嗯，"艾米丽说，"对你我这样的老狂野骑手来说，这听起来很合适。"

"你说什么，亲爱的？"

"没什么。你一点钟可以吗？"

当她乍走进餐厅时，她以为萨拉还没有到——所有的桌子上都坐满了陌生人——但接着她看到一个身材丰满的、穿着过分讲究的小老太太独自坐在那里，在对着她笑。

"来坐下吧，亲爱的，"萨拉说，"你可真漂亮。"

"你也是。"艾米丽说，但这不是真的。在圣查尔斯，穿着乡村服装，萨拉可能看起来还和她的年龄般配——艾米丽很快就计算出她的实际年龄是四十一岁——但在这里，她看起来更老。她的眼睛画了眼线，描了眼影，她还有双下巴。她的肩膀松垂了。她显然一直决定不下来究竟要用那几件鲜艳的人造珠宝饰物中的哪一个来搭配她那件廉价的哔叽呢套装，于是想到的解决方法是把它们全都戴上。在过去一年里，她的牙齿上长出了厚厚的褐色斑点。

"要点酒吗，女士们？"侍者问。

"哦，是的，"萨拉说，"我要一杯特干马提尼，不加冰，放一片柠檬。"

艾米丽点了一杯白葡萄酒（"我今天下午要上班"），两人都想放松一下。

"你知道吗，"萨拉说，"我正在想呢。这是九年来我第一次来纽约。一切都变了，有点意思。"

"你应该常来。"

"我知道；我是想的，只是托尼很讨厌来。他讨厌堵车，他还说这里的一切都太贵了。"

"嗯。"

"哦！"萨拉说，她的脸色又明亮起来，"我告诉过你我们收到了小托尼的消息吗？"几个月前，小托尼结束与那个离婚女人的关系（她找了一个年纪更大的男人），参军去海军陆战队了。"他在加利福尼亚彭德尔顿基地，他还给我们写来一封呱呱叫的长信，"萨拉说，"托尼当然还在生他的气——他甚至威胁要剥夺他的**继承权**——"

"剥夺他继承什么遗产？"

"——嗯，你知道的，跟他断绝关系；但我认为这段经历会给他带来很多很多好处。"

"别的男孩怎么样？"

"哦，彼得在大学里很忙，**每个学期都能上院级优秀学生名单**，至于埃里克——嗯，埃里克很难说。他还是为汽车发狂。"

接着话题转移到她们的妈妈身上，艾米丽已经有一段时间没去看望她了。萨拉说，福利院的社工打电话给她，告状说普奇正越来越不守纪律。

"是什么意思，不守纪律？"

"嗯，他说她做了许多令其他病人生气的事。一天晚上，大约凌晨四点，她走进一个老人的房间，说：'你怎么还没准备好？你忘记今天是我们结婚的日子吗？'她就这样一直说个不停，直到那个老人不得不叫护士来把她带回去。"

"哦，我的上帝。"

"不过，他对这事很友好——那个社工，我是说。他只是说，如果这种行为再继续下去我们就得把她从那里接走。"

"嗯，但是我们能往哪儿——我是说我们能把她**放**在哪里呢？"

萨拉点燃一支香烟。"中埃斯利普，我想。"她喷出一口烟说。

"那是什么？"

"州立医院。免费的。哦，但我知道那儿挺好的。"

"我明白了。"艾米丽说。

在喝第二杯马提尼时，萨拉不好意思地说了一句。"我想我真的不该喝这个，"她说，"我的医生说我喝得太多了。"

"他说的？"

"哦，不是一种严厉的警告或什么的；他只是叫我喝少点。他说我——你知道的——我的肝脏肥大。**我**不懂。我们别再谈论这种悲伤的事情。我很少能见到你，艾美，我想听你谈谈你的工作、你的爱情生活，所有的一切。此外，我今晚要去见罗德里克·汉密尔顿，我想有个好心情。让我们自得其乐吧。"

但几分钟后，她又若有所思地环视了一遍餐厅。"这儿很好，不是吗？"她说，"这是爸爸从前带我来过的地方之一，就在他把我送上火车之前。有时我们会去比尔特莫尔，或科摩多，但这个地方我印象最深。这里的侍者都认识他，他们也认识我。他们总是给我双球冰淇淋，爸爸则喝双份苏格兰威士忌，我们聊啊聊啊……"

后来，艾米丽记不得萨拉在狂野骑手餐厅吃那顿午饭时喝了三杯还是四杯马提尼酒；她只记得当她们的皇家奶油鸡端上来的时候，她自己已经喝得醉醺醺了，而萨拉的那份只吃了一点点。萨拉也没有喝自己那份咖啡。

"哦，亲爱的，艾美，"她说，"我想我有点醉了。这不是挺可笑吗？我不知道为什么我——哦，不过没关系。我可以在楼上打个盹。在托尼回来之前，我还有足够的时间；然后我们一起吃晚饭，去看戏，我会没事的。"

她需要有人帮着才能从椅子里站起来。走路也需要有人扶——艾米丽托在她一只绵软无力的胳膊下面，牢牢地搀着她——沿着走廊走向电梯。

"没关系的，艾美，"她不停地说，"没关系的。我能行。"但艾米丽一直没有松手，直到她们进到楼上的房间，萨拉这才向前踉跄了几步，瘫倒在双人床上。"我没事，"她说，"现在我只要睡一会儿，我就会没事的。"

"你想不想把衣服脱了？"

"没关系。别担心。我会没事的。"

艾米丽回到办公室，一下午都心烦意乱。直到将近五点钟，她才开始感到一种带有负疚感的喜悦：既然她已经见过了姐姐，也许要过好几个月——也许几年——她才需要再见到她。

这将是个孤独的夜晚；有时候，如果事情安排周到，她发现自己并不介意一个人呆着。首先，她换上舒适的衣服，在小厨房里准备好一顿简便晚饭的材料，然后她给自己倒一杯酒——从不超过两杯——看看哥伦比亚广播公司的《晚间新闻》。晚些时候，在吃完饭洗好盘子后，她就坐在她的软椅上或者躺在沙发上拿一本书看看，时间将悄无声息地流淌，直到上床睡觉。

九点钟时，电话铃响了，吓了她一大跳，是萨拉虚弱而凄楚的声音——"艾美？"——她一骨碌爬起来。"听着，"萨拉说，"我不想向你开这个口，但你觉得你能过来吗？到酒店来？"

"怎么了？为什么你不在剧院？"

"我——没去。我见到你的时候再解释，好吗？"

去上城的路上，出租车老是遇到交通堵塞，艾米丽竭力让自己的大脑什么都不想；她走过铺着地毯的长廊，来到萨拉的门前时，她还在竭力让自己的大脑什么都不想。那扇门开了道一两英寸的缝，她想着直接推门，但还是敲了敲。

"安东尼？"萨拉用羞怯而充满希望的声音喊道。

"不，宝贝，是我。"

"哦。进来吧，艾美。"

艾米丽走进黑暗的房间，把门在她身后咔哒一声关上。"你没事吧？"她说，"灯在哪里？"

"先别开灯。我们先聊一会儿，好吗？"

在窗户透进来的昏暗的蓝光下，艾米丽能看到萨拉躺在床上，还是今天下午她离开时的样子，只是现在床是乱的，并且她看似只穿着她的衬裙。

"这件事我非常抱歉，艾美；我可能不该打电话给你，但问题是——好吧，我还是从头开始，好吗？托尼回来的时候，我还在——你知道的——还在醉着，我猜，为此我们大吵了一顿，他说他不打算带我去看戏了，并且他——不管怎么说，他一个人去看戏了。"

"他一个人去看戏了？"

"对的。噢，你不能怪他；我这个状态**没**法去见罗德里克·汉密尔顿；这全是我的错。但是我——关键是，去年夏天你我聊得那么欢，而我打电话给你只是因为我有点需要有个人说说话。"

"我明白。嗯，很高兴你打电话来。现在我能把灯打开吗？"

"我想你打开也好。"

艾米丽扶着墙壁寻找电灯开关，找到后整个房间顿时清澈明亮地显露了出来。乱糟糟的床单和枕头上有血；萨拉的衬裙前襟下方有血，她肿胀的、眉头紧蹙的脸上全是血，还有头发上也是。

艾米丽坐到一张椅子上，用一只手遮住眼睛。"我不相信，"她说，"我一点也不敢相信。你是说他打了你？"

"对的。我可以抽支烟吗，亲爱的？"

"好吧，可是萨拉，你伤得厉害吗？让我看看你。"

"不，不要。不要再靠近了，好吗？我会没事的。如果我能起床洗脸，那我就——我应该在你来之前这么做的。"她挣扎着站起来，摇摇晃晃地走进浴室，水槽里传来了流水的声音。"天哪，"她大喊道，"你能想象**这张脸**在后台被介绍给罗德里克·汉密尔顿吗？"

"萨拉，你看，"当她们再次一起在卧室时，艾米丽说，"你一定要告诉我几件事。这种情况以前发生过吗？"

萨拉已经尽力把脸洗干净了；她穿着浴袍，抽着烟。"哦，当然，"她说，"一直都这样。我想每个月都会发生一两次，差不多有——嗯，有二十年了。只是通常没有这么厉害。"

"并且你从来没有告诉过人。"

"几年前，有一次我差点就告诉杰弗里了。他看到我脸上有一块瘀伤，就问我怎么回事，我差点儿就告诉了他，但我想，不，那只会带来**更多的**麻烦。我不知道；我想要是爸爸还活着，我很可能已经告诉他了。孩子们已经看到过好几次这种情况。小托尼曾对他说，如果他再看到他这样干，他就杀了他。他对自己的爸爸就这么说。"

靠墙的一个矮橱上放着几瓶烈酒和一个冰桶，艾米丽渴望地看着它们。她所要做的就是给自己倒一杯酒——而她想要一杯烈性的——但是她强迫自己留在椅子上，仍然用手遮着眼睛，仿佛不能正视她姐姐的脸。"哦，萨拉，"她说，"哦，萨拉。你为什么要忍呢？"

"这就是婚姻，"萨拉说，"如果你想维持婚姻，你就要学会忍耐。再说了，我爱这家伙。"

"你是什么意思，'我爱这家伙'？这话听起来老掉了牙——你怎么能'爱'这么个人，他对你就像——"

一把钥匙插进锁眼，在转动，艾米丽站起来去面对他。她已经把开场白都准备得停停当当。

他走进来看见她，惊讶地眨着眼睛。他面无表情的脸看上去有点醉意，而今晚上，他穿着一套深色的夏装，那可能是萨拉在某个郊区的廉价百货商店为他挑的。

"戏怎么样，你这个狗日的？"艾米丽问他。

"不要，艾美。"萨拉说。

"不要**什么**？是不是该有人在这儿把话给直说了？罗德里克·汉密尔顿怎么样啊，你这个欺负老婆、打老婆的杂种？"

托尼没有理她，从她身边走过去，脸上带着一种遭人鄙视的小男孩对折磨他的人视而不见的表情，但房间太小了，他在去藏酒柜的时候不得不擦过她的身边。他拿出三个旅馆房间里用的大水杯，开始倒威士忌。

他的沉默并没有使她慌乱，她决定如果他递给她一杯酒，她就把它泼到他脸上，但首先她还有一些话要说。"你是个尼安德特人，"她对他说，想起了安德鲁·克劳福德很久以前对他的称呼，"你是一头猪。我发誓——你在听我说话吗？我对着上帝发誓，如果你再敢碰我姐姐，我就——"除了重复小托尼的威胁以外，没有任何办法把那句话结尾，于是她重复道，"我就杀了你。"

她喝了酒——显而易见他**已经**递给她一杯酒，显而易见她已经不假思索就接下了——只有在此刻，随着酒精把温暖传遍她的胸口来到她的手臂，她才开始意识到她多么地自我陶醉。面对如此明确无误的问题，激情满怀地站在正确一方挺好——斗志昂扬的小妹妹化身一个复仇天使；她希望这种兴奋能一直持续、持续下去。然而她瞥了萨拉一眼，她多么希望她没有洗脸，没有穿上衬裙，也没有整理床单掩盖掉血迹；那样的话就会呈现出一个更富戏剧性的画面。

"没关系的，艾美。"萨拉用一种冷静的、善解人意的口吻说，和她小时候在艾米丽情绪失控时她总是使用的语气一样。此刻，萨拉手里也拿着一杯酒；有那么一刹那，艾米丽担心她可能不得不站在这里，看着托尼坐在他妻子的床边，两人表演起阿纳托尔酒吧那套古老的、面带微笑的手臂缠绕仪式，但这一幕没有发生。

托尼似乎从萨拉的"没关系的，艾美"中恢复了镇静；他第一次看着艾米丽的眼睛，带着一种会引人发怒的微笑，说："真的没有很多话可说的，不是吗？你不坐下来吗？"

"我不坐。"她回答道，立即又从杯中喝了一大口酒，以摆脱方才那句话的影响。对峙带来的极度愉悦感消失了。她觉得自己像一个介入某件与自己无关之事的咄咄逼人的入侵者。在离开之前，她想办法丢下几句更加恶毒的话——事后她记不起来说的是什么，很可能是重复了自己和小托尼那句要杀人的空洞的威胁——她问过萨拉几次，语气听起来像是假意的关心，问她是否确定自己"没事了"；然后她出了门走进电梯，然后她回到家里，感觉自己像个傻瓜。

她费了老大的劲才忍住没给迈克尔·霍根打电话（"只是我觉得今晚我**没法子**一个人呆着，"她可能会说，"接下来还有整整一个周末要对付……"）；结果她自己又喝了几杯酒，然后上床睡觉。

第二天上午很晚的时候，电话铃响了，她几乎可以断定是迈克尔·霍根打来的（"一起吃晚饭吗？"），但并不是。

"艾美？"

"萨拉？你还好吗？你在哪儿？"

"下城——我在一个电话亭里。托尼开车回去了，但我告诉他我想留在城里。我想再多考虑考虑。我一直坐在公园里，而且——"

"坐在公园里？"

"华盛顿广场。一切都变了，这可真滑稽。我都不知道我们的老房子不在了。"

"整个街区几年前就被拆掉了，"艾米丽说，"他们建学生中心的时候。"

"哦。好吧。那我可不知道。不管怎样，如果你没有什么特别的安排，我想你或许可以过来，在这儿见个面。我们可以吃个早餐，或者早午餐，或者什么的。"

"嗯，"艾米丽说，"当然。我到哪儿去找你？"

"我会在公园，好吗？就在紧靠以前那个老房子所在的地方的一张长凳上。你不用着急；慢慢过来吧。"

在去下城的路上，艾米丽掂量着各种可能。如果萨拉离开了她丈夫，她可能会想和自己的妹妹住一段时间——也许是很长一段时间——这将给迈克尔·霍根带来不便。当然，迈克尔也有自己的公寓；他们能想出办法的。另一方面，也许她只是"考虑考虑事情"；也许她今晚就会回圣查尔斯。

公园里遍地都是婴儿车，遍地都是欢声笑语、体格健壮的年轻人在扔飞盘。公园的整个设计已经变了——现在小路的走向不一样了——但是在路经时，艾米丽还是毫无障碍就想起来，就在大概这个地方，沃伦·马多克，或者马多克斯，跟她搭讪的。

坐在长凳上，萨拉看上去挺可怜，和艾米丽预想的一样——小小的，穿着皱巴巴的哔叽呢套装显得邋邋遢遢，正仰起无力的、淤青的脸对着阳光，几乎显然是在品味过去时光的幻景。

艾米丽带她去了一家凉爽的、体面的咖啡店（她知道如果她们去一家真正的餐厅的话，那里会有无法抗拒的血腥玛丽或啤酒），整一两个小时里，她们都在兜着圈子聊。

"……我们没有任何进展，萨拉，"最后她说，"你说你知道应该离开他；你甚至说你**想**离开他，然后当我们开始讨论实际问题时，你又回到'我爱那家伙'的老一套。我们在兜圈子。"

萨拉低头看着自己盘子里吃剩下的已经凝结的鸡蛋和香肠。"我知道，"她说，"我说话总是兜圈子，而你总是直截了当。我希望我能有你那样的脑子。"

"这不是'脑子'的问题，萨拉，这只是——"

"是的，它是。我们很不一样，你和我。我并不是说看待事物的一种方式比另一种好，而只是我一直认为婚姻是——嗯，神圣的。我不指望别人有这种感觉，但我就是这样。我结婚时还是个处女，之后我也一直忠贞不二。我的意思是，"她很快补充道，"**你知道的——我从来没鬼混或什么的。**"在说"鬼混或什么的"时候，她飞速拿起香烟抽了一口，眯缝着眼睛，要么是掩饰自己的尴尬，要么是想表现出一种遮遮掩掩的老练。

"嗯，好啊，"艾米丽说，"但即使婚姻**是**神圣的，这难道不意味着双方都应该认同它吗？托尼那样对待你有什么神圣可言？"

"他尽了他的全力，艾美。我知道这听起来可能很可笑，但这是真的。"

艾米丽喷出一大团烟雾，往后一靠，扫了一圈咖啡馆。在隔着过道的一个小隔间里，一对年轻情侣在喁喁私语，彼此紧挨着，女孩的手指在男孩精心漂洗过的蓝色紧身牛仔裤的大腿内侧画着椭圆形的小图案。

"听着，萨拉，"她说，"让我们把整个讨论拉回到我们几分钟前说到的地方。你能住在我这里，你想住多久就住多久。我们可以一起想办法给你找一个你自己的住处，再找份工作。你没必要将这看作是一种永久分居；就把它当成——"。

"我知道，亲爱的，你真是太好了，但还有很多复杂的情况。首先，我能**做**什么呢？"

"你能做的事情有一**大堆**。"艾米丽说，尽管她唯一能想到的是萨拉在某个医生或牙医的诊所做接待员。（那么多彬彬有礼、效率低下的中年妇女是从哪里来的，她们又是怎么找到工作的？）"那并不重要，"她赶忙说，"现在唯一重要的是下定决心。要么回圣查尔斯去，要么在这里开始属于你自己的新生活。"

萨拉沉默不语，仿佛是为了面子而故作认真思考状；然后她说："我最好还是回去。"艾米丽就料到她会的。"我今天下午坐火车回去。"

"为什么？"艾米丽说，"因为他'需要'你？"

"我们需要彼此。"

所以它就这么解决了：萨拉会回去；艾米丽所有的日日夜夜都将对迈克尔·霍根敞开，对会接替他的、连成一长串的无论哪个男人敞开。她不得不承认她解脱了，但这是一种不能表现出来的解脱感。"而你真正害怕的是，"她说，把这当作一种奚落，"你真正害怕的是托尼可能会离开你。"

萨拉垂下眼睛，露出那道纤细的蓝白色的小伤疤。"正是如此。"她说。

第三部

第一章

接下来的几年里，每当艾米丽想起她姐姐的时候——这并不经常发生——她都会提醒自己，她已经尽力了。她已经向托尼亮了底，并提出收留萨拉。还有谁能做得比那更多？

有时，她发现萨拉成为她和男人们谈天时的一个有趣话题。

"我有一个姐姐，她丈夫总是打她。"她会说。

"是吗？真打她？"

"真的打她。打了她二十年。你知道有比这滑稽的事情吗？我知道这听起来很糟糕，谈论我自己的亲姐姐，但我觉得她挺享受的。"

"享受？"

"哦，也许她不享受，确切地说，但她镇定自若。她相信婚姻，你懂的。有一次她对我说：'我结婚时是个处女，而我自那以后一直忠贞不二。'你听说过这样最他妈该死的话吗？"

当她和一个男人那样说话时——通常是半醉，通常是在深夜——事后她都会深感后悔；但是要减轻她的罪过并不很难，她发个誓说再不那样做就行了。

不仅如此，她都没有时间焦虑。她很忙。一九六五年初，鲍德温广告公司获得了一个汉娜·鲍德温所称的梦幻客户：国碳公司，他们的新型合成纤维泰诺看来几乎肯定要彻底革新纺织业。"想想尼龙做了什么！"汉娜欣喜若狂，"这东西潜力无限，而我们幸运地从一开始就介入了。"

艾米丽开发出一系列广告推介这种纤维，汉娜很喜欢它们。"我想你搞定它了，亲爱的，"她说，"我们会把他们彻底惊呆的。"

但结果却出现一个麻烦。"我想不出来什么地方不对，"汉娜告诉艾米丽，"国碳公司的法律顾问刚刚打电话给我；他要你去他那儿，和他谈谈广告推广的事。他在电话里什么也不说，但他听起来很严肃。他名字叫邓尼格。"

她在一座雄伟的钢筋玻璃幕墙塔楼的高层见到了他，铺着地毯的办公室里就他一个人。他高大健壮，宽阔的下巴，还有他的声音使得她想蜷缩起来像小猫一样钻进他的口袋。

"外套交给我吧，格莱姆斯小姐，"他说，"坐下——不，到这边来，坐在我旁边；这样我们可以一起看看这份材料。总体来说，我觉得它挺好。"他开始道，而他说话的时候，她的目光越过设计图纸和一页一页的文案，探索着他整个书桌那宽敞的表面。唯一的装饰品是一张可爱的黑发女孩的照片，可能是他的女儿；他们很可能住在康涅狄格州，每天他回到家里，他都会和她打几局速胜制网球，然后他们才进家洗澡，换衣，到书房和邓尼格太太一起喝鸡尾酒。邓尼格太太是什么模样呢？

"……只是有一点，"他正说呢，"一个短语，不幸的是，就是有一个短语反复出现在你的，呃，文案里。你说泰诺有'羊毛般的天然雅致'。在我们谈论一种合成物时，你明白的，那很容易被当作是一种虚假陈述。如果我们随它去，恐怕联邦贸易委员会要找我们的麻烦。"

"我没搞懂，"艾米丽说，"如果我说'你有圣人般的耐心'，它当然不是说你就是一个圣徒。"

"哈，"他向后靠在椅背上，对着她微笑，"但是如果我说'你有妓女般的眼神'，可以想象得出里面有值得怀疑的余地。"

他们坐着谈笑风生，时间上超过了谈生意的需要，而她禁不住注意到，他看似在愉快地打量着她的腿、她的身体和她的脸。她三十九岁，但他的眼神使她感觉自己年轻了许多。

"那是你女儿吗？"她说起那张照片。

他看起来挺尴尬。"不，是我妻子。"

如果她说"对不起"或者类似的话，必定会将事情弄得更糟。"哦，"她说，"她很可爱。"然后她喃喃地说，她该走了，于是站起来。

"我想，你会发现'天然'是个惹麻烦的词，"他说，一边送她到门口，"如果你能避开那个词，我想就不会有任何问题。"

她告诉他，她会尽力的，而当电梯把她送回现实中之时，她改变了自己的幻想：他不是住在康涅狄格；他住在东区的一套顶楼豪华公寓里，那个漂亮的女孩整天在那房间的镜子前噘嘴、打扮，等着他回家。

"格莱姆斯小姐？"仅仅过了两天，他在电话里说，"我是霍华德·邓尼格。我只是想知道，你是否愿意和我一起共进午餐。"

当他们坐在一家，用她暗自说的话就是，一家"了不起"的法国餐厅里，浅酌慢饮葡萄酒的时候，他几乎第一件事就是告诉她，他并非是真的结婚了：他和妻子三个月前已经分了。

"嗯，'分了'是一个委婉的说法，"他说，"事实是她踹了我。不是找到另一个男人；只是因为她厌倦了我——我想她已经厌倦我一段时间了——而她想看看自由是什么滋味。哦，这是可以理解的，我想。我五十岁，她二十八岁。我们开始在一起生活时，我四十二岁，她二十岁。"

"把她的照片摆在你桌上不是有点小浪漫吗？"

"纯粹是懦弱，"他说，"它已经在那里摆了那么久，我认为如果我把它收起来，办公室里的人可能会觉得很可笑。"

"她现在在哪儿？"

"加利福尼亚。她想我们之间保持尽可能远的距离，你明白的。"

"你有孩子吗？"

"那只是我第一次婚姻的孩子；那是很久以前的事情。两个男孩。他们现在都长大了。"

嚼着新鲜的法国面包和色拉，瞥视着其他桌子上穿着考究、神情深沉老练的人，艾米丽意识到，今天这个下午和霍华德·邓尼格做爱将会轻而易举。汉娜不会关心她是否去办公室，而这位国碳公司法律总顾问当然可以自己安排自己的日程。他们俩都已经过了琐屑之事缠身的年岁。

"你想什么时候回去，艾米丽？"当侍者在她的咖啡旁边摆上一个闪闪发光的小白兰地酒杯时他问道。

"哦，没关系；没什么特别的时间。"

"好，"他那薄薄的嘴唇蜷缩成一种害羞的形状，"我已经该死的说得太多了，结果我还几乎一点都不了解你呢。给我讲讲你的情况吧。"

"嗯，真的没什么好多讲的。"

但是有的：她的自传，这里那里都编辑和拔高一番以实现戏剧性的效果，只是似乎不可能下结论。当他引导她穿过明晃晃的人行道，进入一辆出租车时，她还在说，当出租车司机在他的公寓楼外将他们放下来时，她还在说。在电梯里，她终于停下不说了——不是因为她已经说完了，而是因为看似在这里保持安静很重要。

这不是顶楼豪华公寓，也一点不像她想象的那么富丽堂皇。它是蓝色、棕色、白色的，散发着皮革的味道；它几乎是普普通通的，而当他在做那段温文尔雅的开场白时，地板似乎正倾斜到了危险的角度："……我能请你喝一杯吗？就坐在这里……"他刚刚紧挨着她在沙发上坐下，他们就抱作一团了，十九层楼下方的城市喧嚣都被他们那宏伟的喘息声淹没了；当他扶着她走进卧室时，就像那是一段期待已久、当之无愧的进入阳光和空气的道路。

霍华德·邓尼格填充了她的生活。他像杰克·弗兰德斯一样迷人，却没有一点杰克身上那可怕的依赖症；他似乎对她要求甚少，像迈克尔·霍根一样；而当她想要把他一夜又一夜在床上给她的感觉作比较时，她不得不一路回溯到拉尔斯·埃里克森的身上。

在度过最初的几个星期后，他们不再使用他的公寓——他说他不想被迫时常想起自己的妻子——而是开始使用她的公寓。这样她更容易在早上准时上班，还有另一个更加微妙的优点：当她在他的地方做客时，事情中似乎有一种试探性的、暂时性的性质；当他来到她的房子里，则暗示着一种更伟大的承诺。真是这样吗？她越想就越意识到这一论断可能被轻易颠倒过来：他是一名访客时，就能随时站起身走开。

无论怎样，她的公寓成了他们的家。起初他把自己的东西搬进来时还有些害羞，但很快她的一个抽屉里就塞满了他洗过的衬衫，衣橱里挂着三套深色西装和一束颜色鲜艳的领带。她喜欢用手顺着那些领带一溜摸下来，就好像它们是一根很沉重的丝质绳索。

霍华德有一辆别克敞篷轿车，他把它停在上城的一个车库里，天气好的时候，他们会开车去乡下。一次，一个星期五下午，最初动身是去佛蒙特，结果他们一路开到了魁北克市，在那儿，他们入住了佛朗特纳克堡酒店，就像那是一家汽车旅馆一样；星期天晚上，在返家的漫长路途中，他们用泡沫塑料杯喝法国香槟。

他们有时候去看戏，去先前她只在书刊上看到过的喝酒的小馆子，但绝大多数晚上他们都呆在家里，静悄悄地，彼此温柔相待，仿佛已经结婚多年、心平气和的夫妇。就像她经常告诉他的——而她知道，更聪明的做法是绝对不要对他讲——她从来没有和任何人在一起过得这般怡然自得。

问题是他仍然爱着他的妻子。

"你瞧！"有一次，在她甚至不曾意识到他在看着自己时，他说，"你刚才做的动作——你用一只手拢住头发往后梳，弯腰去拿咖啡桌上的玻璃杯的样子——那就和琳达一个样呢。"

"我不明白我怎么让你想起她的，"她说，"毕竟，她是个年轻的小女孩，而我都差不多四十了。"

"我知道；你们俩长得一点都不像，除了她的胸也很小，还有你们的腿型是一样的，但只是偶尔，你们的一些举止——真难以置信。"

还有一次，他回家时心情不佳，晚餐时喝了很多酒，然后他坐在那儿，小口地呷着一杯兑水威士忌，喝了很长时间，一言不发，最后他开口了，看那架势像是他**永远都**不会停下来。

"……不，但你必须得理解一点儿琳达，"他说，"不仅仅是她是我的妻子；我在女人身上想要的一切她都有。她是——我该怎么解释呢？"

"你不必解释。"

"不，我得解释。一定要把我心里的事情搞清楚，否则我会**永远都**放不下她。听着。让我告诉你我是怎么认识她的。试着理解这一点，艾米丽。我当时四十二岁，可我觉得自己够老了。我结过婚，又离了婚，我有过似乎数也数不清的女孩；我想我当时是觉得，我已经完全筋疲力尽了。我当时去东汉普顿待了几个星期，有人邀请我去参加一个聚会。一个灯光游泳池，树上挂着日式灯笼，辛纳特拉[1]的歌声从房子里传出来——类似这样的东西。人群很混杂：有许多拍电视广告的演员，几个童书插图画家，几位作家，还有几位商界人士，穿着深红色的百慕大短裤、试图显得很有艺术品味。狗日的，艾米丽，我转过身来，看见那个尤物正躺在那白色的躺椅上。我从没见过那样的皮肤，或者那样的眼睛，或者那样的嘴唇。她穿

---

1 Frank Albert Sinatra（1915—1998），美国著名歌手、电影演员。

着——"

"你是真的要告诉我她正**穿着**什么吗？"

"——穿着一件简单的黑色短裙，而我喝了一大杯酒给自己壮胆，然后走过去对她说：'嗨。你是哪一位的太太吗？'她抬起头看着我——她太羞涩了，或者我猜她太矜持了，所以不敢笑——她——"

"哦，霍华德，这太傻了，"艾米丽说，"你只会让你自己兴奋过头的。你真是个可怕的浪漫主义者。"

"好吧，我就尽量简短些。我不想让你厌烦。"

"你不是在'烦'我；你只是在——"

"好吧。关键是，就在第二天晚上，她就上了我的床，之后是每隔一晚就来；等我们回到城里，她就把所有的东西都搬到了我的公寓。她还在上大学——她上的是巴纳德学院，和你一样——她每天上完课，就会赶忙去我的住处，就为了我到家的时候，她已经在那里。我忍不住要告诉你那有多甜蜜。我回家时暗自鼓励自己，想着，不，这太好了，这不可能是真的；她不会还在那里的——可她始终都在。回想起那段时光，那最初的一年半，那是他妈的我这辈子最幸福的时光。"

说到这里，他站起身，手里端着酒在地上来回走，而艾米丽知道顶好是不去打断他。

"然后我们结婚了，我想这确实让那热度减弱了一点点——更多是为了她，我想，而不是为了我。我还是——嗯，我痛恨一直说'幸福'，但这是唯一合适的词。也很骄傲；无比的骄傲。我带着她去各种地方，大家都祝贺我，而我记得我会说：'我不相信她，我到现在都还不相信这一切呢.'然后,当然啦,过了一段时光,我真的开始相信她了;我就开始理所当然地对待她,可无论谁都不应该理所当然地对待任何人。早几年,她常爱说我从来没有让她厌烦过,我把这当作是一种莫大的恭维,但我不记得到末尾阶段时她是否还这么说。我可能已经开始把她烦死了,由于我的虚荣心,我的姿态,还有我的——我不知道。我的自怜。我想,就在那时她开始变得烦躁不安,差不多在我开始惹她厌烦的时候。该死的,艾米丽,我怎么才能让你理解她有多好呢?这是一件无法形容的事情。温柔,可爱,同时也很强悍。我说'强悍'丝毫没有贬义,我意思是说,她很有韧性,很勇敢;她看待世界的方式里完全不带感情。聪明!天哪,有时候看到她以一种直觉般的洞察力,直奔某件难以捉摸的复杂事件的中心,那架势真是几乎令人胆寒。她也很滑稽——哦,她不会只坐在那里说些令人错愕的俏皮话,她有一双锐利的眼睛,能够看出任何自命不凡之事背后的荒诞不经。她曾是个很好的伴侣。为什么我老是说'曾是'?并不是说好像她已经死了。她对我来说是个很好的伴侣,而现在她将是另外一个男人的好伴侣——或者男人们。我想象着,她会先试上好多个男人,之后才会再次安顿下来。"

他重重地坐到扶手椅上,闭上眼睛,开始用拇指和食指按捏他窄窄的鼻梁。"现在有时候,当我想到她在那种特别的情境下,"他用一种平淡的、几乎死气沉沉的声音说,"当我想象她和另外一个男人在一起,张开她——为他张开双腿,然后——"

"霍华德,我不许你这么做,"艾米丽说,一边站起来以示强调,"这是多愁善感。你就像个患相思病的小男孩,很不得体。再说了，也不是很——"她根本确定不了自己是否应该说完这句话，但她还是说了"——不是很考虑我的感受。"

这句话让他睁开了眼睛，但他又闭上了。"我以为你和我是朋友，"他说，"我以为那意思是，一个人总该可以与朋友畅所欲言的。"

"你就没想到我也许会有点儿妒忌吗？"

"嗯，"他说，"不，事实上我之前的确没有想到过。我搞不懂。你怎么会妒忌已成往事的事？"

"哦，霍华德。得了吧你。要是我整个晚上都在温习我所认识的不同男人的那些了不得、了不得的优点，会怎么样？"但是那个问题自问自答了：她可以告诉霍华德·邓尼格她的任意一个男人的故事，或者所有的男人，而他并不在乎。

那年的十二月，国碳公司指派他到加利福尼亚出差两个星期。

"我想你到那里可以去见见琳达，对不对？"当他准备动身时她说。

"我不知道怎么会的，"他说，"我在洛杉矶；她在旧金山还要北边的地方。那是一个老大的州。再说了，我——"

"再说你什么？"

"再说我什么不说了。我好像关不上这该死的手提箱。"

那两个星期很糟——他只给她打过两次电话，在快结束的时候——但她熬了过来；而他也真的回家了。

然后在二月份，一天深夜，他们正要上床睡觉，萨拉打电话来了。

"艾美？你一个人吗？"

"哦，不，实际上，我是——"

"哦，你不是。我懂了。我还希望你是。"萨拉声音的节奏和质感唤起了对圣查尔斯那座可怕的老房子的鲜活感觉——发霉，寒冷，祖先们从墙上盯着看，厨房里垃圾桶的气味。

"怎么了，萨拉？"

"这么说吧。用约翰·斯坦贝克的话说，这是我们烦恼的冬天。"

"我觉得那不是斯坦贝克原创的，宝贝，"艾米丽说，"托尼已经——？"

"没错。我已经做出决断，艾美。我再不要呆在这里了。我想过来和你住。"

"好吧，萨拉，问题是——恐怕那是不可能的。"她瞄了一眼霍华德，他正穿着浴袍站在几英尺之外，一边听，一边很感兴趣的样子。她已经告诉过他她姐姐的事。"问题是，我现在不是一个人住。"

"哦。你是说你有一个——我明白了。好吧，这可把事情搞复杂了，但是我无所谓。反正我是要走的。我会找一家不贵的旅馆或者什么的。不过，听着：你看你能帮我找份工作吗？我也可以写广告文案。我一直都能——你知道的——搞搞文字的。"

"写文案比那要略微再高点儿要求，"艾米丽说，"要花好几年时间才能找一份像我这样的工作。我真的认为你最好先找找其他类型的工作。"

"什么样的？"

"嗯，也许做个接待员，或者类似什么的。"她停顿了一下，"听着，萨拉，你真的确定要这样做吗?"艾米丽用双手握着话筒，咬着嘴唇，试图弄清楚她的动机。就在不久前，她还曾怂恿姐姐离开家;现在她在劝她留下来。

"哦，我不知道，艾美，"萨拉说，"我想我无法彻底确信任何事情。一切都这么——这么混乱。"

"托尼在吗?"艾米丽问，"我能和他说说吗?"而当托尼醉醺醺地咕咕哝哝接电话的时候，她感到那天晚上她在旅馆房间里体验过的义愤填膺又美妙而迅速地回来了。"听着，威尔逊，"她开始说道，"我要你别碰我姐姐，明白吗?"当她的声音升高又平抑下来的时候，她明白自己这么做是为什么:她是在做给霍华德看。这是在证明她并不总是温柔又可爱;她可以很强悍、有韧劲、勇敢;她看待世界的方式是完全不带感情的。"……我要你把你那大——你那操他妈的大手管管好，"她说，"如果我是个男人，我会今晚就赶到你那里，叫你悔不该自己长了手。明白了吗?叫萨拉回来听电话。"

听筒里传来闷闷的有东西刮擦的声音，好像萨拉回来听电话之前必须要挪开一些沉重的家具似的。等她接过电话，立刻就摆明的是，她已经改变主意了。

"对不起，这事给你添麻烦了，艾美，"她说，"我可能一开始就不该给你打电话的。我会没事的。"

"不，听着，"艾米丽说，感到大大松了一口气，"随时给我打电话。拜托啦，随时给我打电话，同时我会留意《时报》上的招聘广告的，好吗?只是我觉得，你**现在**就来并不是非常明智。"

"是啊;我也这样想的。好吧，艾美。谢谢。"

电话放回去之后，霍华德递给她一杯酒，说："这太可怕了。这对你一定非常麻烦。"

"只是我什么忙都**帮**不上，霍华德。"她说。她想要他把她抱在怀里，那样她就能伏在他的肩膀上哭一场，但是他没有向她靠近。

"好吧，"他说，"实际上，你可以让她到这公寓里住一段时间；我们可以在我那里住的。"

"我知道，这一点我确实想到了；但问题是住公寓只是个开端。你根本不**知道**她有多无能—— 一个小小的、可笑的中年妇女，衣衫邋遢，牙齿不好，没有一项技能——她甚至只会用两根手指头**打字**。"

"哦，好吧，我想她总能做点事情的。我或许甚至能帮她在国碳公司找点事情做。"

"她会就此吊住我们的脖子的，"艾米丽说，语气比她的本意更加苦涩，"如果她到了这里的话，我们就一分钟也别想摆脱她。我不**要**她来，霍华德。我知道这听起来可能很糟糕，但我不**想**她拖累我的生活。如果你不明白，我猜那只是太——太复杂了，解释不清楚。"

"好啊，"他说，一边笑一边皱着眉头，"好啊。只是悠着点儿。"

几个星期过去，又一个电话打来了，差不多是在晚间的同一个时间，这次是托尼打来的。他听起来又喝醉了，而她几乎听不清他的话，因为背景中还有其他男性模糊不清的声音，转瞬间她意识到，那是电视机的声音调得太响了。

"……你姐姐在住院。"托尼的声音说，尽量保持中性的口吻，就像一个态度生硬的警察在向受害者的直系亲属报告情况。

"住院？什么医院？"

"中埃斯利普，"那个声音说，然后又加了一句，"她只能去那儿。"然后，双方都沉默了，只能听到电视里发出闷闷的轰轰隆隆声。

"哦我的上帝，霍华德，"艾米丽挂断电话后说，"她在中埃斯利普。"

"那是什么？"

"我妈妈就在那儿。州立医院。疯人院。"

"嗯，艾米丽，听着，"霍华德温和地说，"她丈夫不可能只把她**放**到那儿不管的。如果她的确是在那里，那只能是因为有医生决定要送她去那里治疗。这不是十九世纪；没有人再说'疯人院'了。那是一家现代化的精神病院，它是——"

"你不**知道**它是什么，霍华德。我知道。我去那里看过我妈妈。它有二十栋，或者是五十栋巨大的砖砌的大楼；即使你到了那外面，你也无法理解它真正有多大，因为里面有很多很多的树。你沿着那些小路走，心想这里不那么糟嘛，接着又有两栋大楼在树林背后出现在你面前，然后又是两栋，又是两栋。那些楼的窗户上都有铁栏杆，有时你能听到里面有人在尖叫。"

"别把它说得活灵活现像电视剧似的，艾米丽，"霍华德说，"首先一件事是打电话给医院，问清楚她入院的原因。"

"现在是夜里十一点。再说，他们也不会告诉我——一个陌生人的声音在打电话。他们对此一定有规定。你得当医生才能——"

"或者一个律师，也许吧，"他说，"有时候当律师很占便宜的。

明天我就会查出她的诊断结果，明晚我就告诉你。好吗？现在上床睡觉吧，别再像个演员了。"

第二天晚上他回家时说："急性酒精中毒。"然后他说："哦，好啦，艾米丽，这还不算很糟糕。她只要戒掉酒瘾，他们就会放她出来的。这不像是'偏执型精神分裂症'，或者类似什么的。"

那天是星期一。直到星期六，艾米丽才空下来坐火车去了中埃斯利普，随身带着两盒香烟（一盒给她姐姐，一盒给她妈妈）；在站台上，一群浑身邋遢的出租车司机围着她吵吵嚷嚷，她朝其中的一个点点头——他们在车站和医院之间来回跑，一趟一美元，生意似乎还挺好——然后她就进入那令人迷惑的树木和建筑物的迷宫。

萨拉的那栋楼是更加破旧的楼房中的一栋——外形像是上个世纪末的样式——艾米丽是在楼上一个窗户围得严严实实的阳台上见到她的，她正坐着，和一个年龄与她相仿的女人聊得正欢。两人都穿着印花的家常便服，脚上是棉拖鞋，而萨拉的整个脑袋都被白色的东西包裹着，乍看起来像是一块扎头巾——四十年代初期曾十分流行的那种——但结果发现那是绷带。

"艾美！"她大叫一声，"玛丽·安，我让你见见我聪明伶俐的妹妹——就是我刚刚告诉你的。艾美，这是我最最要好的朋友，玛丽·安·波尔切克。"

于是艾米丽对着一张容颜失色、一脸恐惧的小脸笑了笑。

"我们就坐这儿吧，我们可以聊聊，"萨拉说，一边慢慢地走着，把艾米丽带到两张空椅子那里，在午后阳光的阴影中，"**哎呀**，你可真好，跑这么远来这里。哦，你还带了香烟呢；你可爱得没得说。"

"你是说那位女士是你家里最好的朋友？"她俩坐下后艾米丽问，"还是只是在这里？"

"只是在这里。她是个了不起的人。你真不必跑这么远的路，亲爱的；过两个星期我就能从这里出去。"

"你能吗？"

"嗯，最多三个星期，我医生说的。我只是需要休息休息。实际上，我只关心能否在一号之前出去，小托尼那天到家。我告诉过你他因病退伍被批准的事情吗？"小托尼在一次吉普车事故中伤到了臀部，导致他无法去越南；关于他的另一个最新消息是，他娶了一个加利福尼亚女孩。"我迫不及待想要见到他，"萨拉说，"他已经决定他们一家人在圣查尔斯安家。"

"他一家人？"

"嗯，他娶的那个女孩有两个孩子，你知道吧。"

"哦。那他将做什么？"

"回汽车修理厂干活吧，我想。他们喜欢他去。"

"我明白了。听着，萨拉，跟我说说你自己。你感觉怎么样？"

"很好。"萨拉的微笑似乎很坚定地表明没有任何地方不对劲，而艾米丽注意到她的牙齿是白色的：她一定是请人补过牙，还洗过。

有一个重要的问题不得不问，尽管她笑了，于是艾米丽问了出来。"你的头是怎么伤到的？"

"哦，那只是太蠢了，"萨拉说，"全是我自己的错。一天晚上，我半夜里起床，因为我睡不着，我就下楼去喝杯牛奶。回来时眼看要爬到楼梯顶上了，却滑倒了，一路摔下去。这不是很蠢吗？"

而艾米丽感觉到自己的嘴巴张了张，她猜那可能是自己想笑笑，以表示同意说这件事是够愚蠢的。"你伤得很重吗?"

"不,不,没什么,"萨拉一只手胡乱指了指头上的绷带,"这没什么。"

它的确不算什么;他们一定在给她包扎绷带之前把她的头发剃了——头被紧紧地裹着——而艾米丽差点就说他们把你剃成光头了?但想想还是没有说出口。"好吧,"她转而说,"看到你状态这么好真好。"

有一小会儿,她们干坐在那里抽烟,每次眼神彼此对上了就微微一笑,表明一切都很好。萨拉并不知道艾米丽知道"急性酒精中毒"的诊断结论;艾米丽思忖着是否能有什么巧妙的方式把它挑明了,最终断定是没有。一切都摆明了,就在她们坐在那儿的时候,萨拉从今以后只会把烦心事都搁在心里。今后不会再有知心话了,不会再有电话,不会再有求助。

"那你——认为你回家后一切都会没事吗?"艾米丽说。

"你是怎么想的?"

"你觉得你还想来纽约吗?"

"哦,不,"萨拉看上去很尴尬,"那只是有点傻。抱歉我那天晚上打电话给你。我只是——你知道的——又疲惫又心烦。那些事情过去了。我需要好好休息一下,仅此而已。"

"因为我一直在关注招聘类的广告,"艾米丽说,"我有一个朋友,他认为你或许可以在国碳公司找到事情做,而且你没有理由不在我那里住一阵子,直到你安顿下来。"

萨拉在摇头。"不,艾美。现在一切都过去了。让我们忘掉它,好吗?"

"好的。除非我——嗯，好的。"

"你来这儿还打算去看看普奇吗？"

"我是这样打算的，是的。你知道怎么去她那栋楼吗？"而艾米丽立刻意识到这是个多么愚蠢的问题。萨拉被锁在这幢楼里她怎么可能知道其他大楼的位置呢？"没关系，"她紧接着说，"我会找到的。"

"好吧，"萨拉说，慢慢地站起身来，"我想你最好就动身吧。非**常**感谢你能来，亲爱的；见到你真是太好了。代我问候普奇。"

艾米丽出去了，再次走在树下，走了很长一段路，这时她突然意识到自己不记得门口那人说的是走过三栋楼，然后向右转走过四栋楼，还是走过四栋楼，然后向右转走过三栋楼，而且再没有其他人可以问。一个交叉路口有一个标志牌，上面写着 E-4 至 E-9，它没有用，它下方的又一个标志牌上写着"太平间"。在远处，两根双胞胎大烟囱直刺灰色的天空。可能只是发电厂——她知道这一点——但她犯疑惑，或许那是一个火葬场。

"对不起，先生，"她对一个坐在一条长凳上的老人说，"你能告诉我——"

"别烦我，女士，"他说，然后他用拇指抵住一个鼻孔，身子向前倾，从另一只鼻孔里擤出一股明亮的鼻涕，"别烦我。"

她一直走，尽量不去想那个老人，直到一辆出租车靠着路边慢下来，司机伸出头说："打的吗？"

"是的，"她说，"谢谢。"

这真的不要紧，当出租车启动驶向火车站时，她自我安慰道。老普奇很可能只是静静地躺在那里，脸上一副极端耍性子的表情；

她很可能会伸出一只手来接下香烟，但是可能不会微笑，不会说话，也很可能不会做出任何表示，表明她知道艾米丽是谁。

回到城里，她等了足足三个多星期，才打电话到圣查尔斯，想看看萨拉是否回家了。她是在办公室打的，一个工作日上午的晚些时段，这样托尼就不会在旁边。

"……哦，嗨，艾美……哦，当然，我已经回家好几天了……谁怎么样？"

"我说一切都好吗？"

"一切都好。小托尼在这里，还有他妻子和她的孩子，所以这地方有点像疯人院。她很好，而且怀孕好久了。他们要在这里住一段时间，我们正在帮他们找房子。"

"我明白了。好啊，一定要保持联系，萨拉。如果有什么我能——你知道的——任何我能办到的事就请告诉我。"

萨拉的确保持着联系，虽然不是通过电话。一段时间之后，她给艾米丽写来一封信。信封上的姓名地址还是轻佻的、初出闺房的少女笔迹，但是信本身是打出来的，有很多处用圆珠笔做过修改。

亲爱的艾美：

我写信给你而没有打电话，是因为我想试试彼得送给我的生日礼物打字机。它是一台安德伍德牌便携式打字机，二手的，它有一些小差错，这儿那儿的，但它能打字！稍加清洁和调整，我很快就能像戴手套一样随心所欲。

是个男孩！八磅七盎司。他看起来和他爷爷，我丈夫，长得一模一样。（这使我丈夫很生气，因为这让他觉得自己像个祖父，而他可不喜欢这样。）我刚刚做好一个小摇篮。再也不要做了！我准备了一个大衣服篮子，一些泡沫橡胶，一些带软面的人造革，一些床单片，一些图钉，以及长得没有尽头的蓝丝带。这是一个勇敢的开端，终于在一周后结出硕果。我洋洋得意，但浑身筋疲力尽，我开车把它送到小托尼那里，但没人在家。那见鬼的东西跟着我的客货两用车转悠了两天才最终安顿下来。

这一周，我为了黑莓忙得不可开交。我们的牧场上有足足四分之一英亩的大浆果在急吼吼等着采摘。到目前为止，我已经采、洗、做糖浆、冷冻了三十品脱，做了二十罐果酱，而我还是赶不上它们的趟。就我个人而言，我讨厌黑莓。我这样做，是因为我记得那个人在被问到为什么他想攀登珠穆朗玛峰时说的话——"因为它在那儿。"

我一直没去看普奇有两个非常说得通的理由。首先，我开车只严格地限于本地，至少得在我获得更多一点的自信，头发多长出一点之后。第二，因为我几乎从来没有用过小汽车。托尼开着他的雷鸟车去马格南，埃里克开着*他的*雷鸟车去他工作的摩托车店，而彼得开着我的客货两用车去塞特凯特打暑期工。

现在必须说再见了，得赶快接着去黑莓地里干活了。多保重。

爱你的，萨拉

"你对它怎么看？"霍华德读过信之后艾米丽问。

"你是什么意思，'怎么看'？只是一封兴高采烈的小信啦，仅此而已。"

"但那就是问题所在，霍华德——它太兴高采烈了。把她提到她的头发正在长长那句除外，你会认为她是这世界上最幸福、最心满意足的小家庭主妇。"

"也许她就乐意那样看待自己吧。"

"好吧，但问题是我知道得更清楚——而她也**知道**我知道得更清楚。"

"哦，得了吧，"霍华德说着从椅子上站起来，不耐烦地在房间里走来走去，"你想从她那里要什么？你想她每五分钟就向你打开心扉一次？告诉你这个月他打了她多少次？而她**当真**那样做的时候，你又说'不想她拖累你的生活'。你是个可笑的女孩，艾米丽。"

那天晚上很晚的时候，在他们躺在她的床上激情一番过后，她犹豫地碰了碰他的胳膊说："霍华德？"

"嗯？"

"如果我问你什么，你能保证对我实话实说吗？"

"嗯。"

"你真的认为我是个可笑的女孩吗？"

一九六七年夏天，他们在霍华德东汉普顿的旧居里度假，自从他婚姻出现裂痕的最后一年以来，他就没去过那里。她喜欢那房子的亮堂、宽敞，还有房子里的沙土和青草的芬芳——在城市待过之后那就像是在呼吸纯氧一般——她还喜欢它久经风雨的雪松木瓦，在阳光下闪耀着近似银色的光芒。"愉快的"这个词不断在她的脑海里闪现（"我们度过了一段愉快的时光。"当他们回到纽约的时候，任何人问起她都会这么说）。她喜欢冲浪，喜欢霍华德在海浪里蹚水的样子，还有他随着扑来的道道碎浪不断跳跃的样子；她喜欢他的阳具因为风吹、海水浸泡而皱缩、变成青紫色的样子，如此一来只有她的嘴唇和舌头，尝着咸味，才能让它恢复原状。

"霍华德？"她在他们度假的最后一天早晨说，那天是星期天，"我在想，我或许可以打个电话给我姐姐。或许我们可以在回家途中稍微绕点道，停一下去看看她。"

"当然，"他说，"好主意。"

"但我是说你确定你不介意吗？这可的确要我们绕挺多的路，而且我们很可能会撞上某些可怕而脏乱的场面。"

"上帝开恩，艾米丽，我当然不介意。我一直想着能见见你姐姐。"

就这样她打了电话。一个男的接的电话，但不是托尼。"她现在正在休息，"他说，"我能带个口信吗？"

"嗯，不了，我只是——你是谁？你是小托尼吗？"

"不，我是彼得。"

"哦，**彼得**。好吧，我只是——我是艾米丽。艾米丽·格莱姆斯。"

"艾美阿姨！"他说，"我**就觉得**听起来像你的声音……"

他们说好在当天下午两点到三点之间去拜访。"你最好做好心理准备，霍华德，"当他们终于找到去圣查尔斯的路的时候她说，"那将是十足的煎熬。"

"别犯傻了。"他对她说。

她本希望彼得会来开门——那么在他们笑着走进起居室之前，就会有拥抱与礼节性的握手（"你好，先生？"）——但取而代之的是托尼。他把门只开了几英寸，站在那里准备随时砰的一声把它关上的样子，就像一个一心要保护自家神圣不受侵犯的人似的。当他看清来者是谁时，他眨了眨眼，退后一步，把门开得更大些，而艾米丽犯疑惑了，在骂过他混蛋、狗娘养的，甚至还威胁要他的性命之后，她还能怎样和他打招呼。"你好，托尼，"她说，"这是霍华德·邓尼格，这是托尼·威尔逊。"

他微微动了动嘴，咕哝说他很高兴见到霍华德，然后领他们穿过门厅。

萨拉蜷缩在沙发上，就像老埃德娜·威尔逊过去那样坐着，依稀是在笑。艾米丽盯着那笑容看了至少一秒钟，才意识到问题出在哪儿了：萨拉的下半个脸塌陷了。

"哦，艾美，"她哭诉道，试图用一只手遮住自己的嘴，却没能奏效，"我忘了戴**假牙**了。"

"没关系，"艾米丽说，"坐着别动。"但是显然萨拉已经整天都坐着没动了；即便她想动，或许很可能也起不来。

"过来坐到我旁边，艾美，"彼此介绍完之后她说，"**见到你真是太好了**。"她一把握住艾米丽的双手，力道惊人地强劲。艾米丽发现，坐在那儿，侧着身子任由自己的手在她姐姐的膝上被揉捏和抚摸挺尴尬；唯一能做的就是靠得更近，直到她俩的大腿碰到一起，而当她这样做的时候，她就踏进一个充斥着浓烈的带水果味的酒精地带。

"……我的小亲妹妹啊，"萨拉说，而艾米丽则尽量不去看她咧嘴笑的、黝黑的牙龈，"你们大家可都明白这是我的小亲妹妹啊？"

托尼无动于衷地坐在沙发对面的一把椅子上，身上穿着粗棉布工装裤，上面沾满油漆，看着像个筋疲力尽的工人。在他旁边，霍华德·邓尼格格颇不自然地笑着。一群人中唯一自信的成员是彼得，他已经变成一个引人注目的年轻人。他也穿着溅了油漆的工作服——客人们到来之前，他和他爸爸一直在油漆他们的房屋——艾米丽喜欢他的长相。他个子不高，也不很帅，但他举手投足间有一种优雅，脸上透着某种幽默和智慧。

"你神学院毕业了吗，彼得？"她问他。

"还有一年，"他说，"下周开学。"

"夏天过得怎么样？"

"哦，挺好的，多谢。我去非洲呆了一段时间。"

"去非洲？真的？"

有几分钟都是他在说话，仁慈地将其他人从竭力找话说的努力中拯救出来，他把非洲描绘成一个沉睡的巨人："正在舒展身体。"说到这里的时候，他抬起两只匀称的胳膊，伸展开去，拳头紧握，做着睡眼惺忪伸懒腰的动作，这使艾米丽想到，一定有不少年轻的女孩会把彼得·威尔逊看作是梦中情人。

"哦，艾美，"萨拉说，"我聪明伶俐的小亲妹妹——我爱你。"

"好吧，"艾米丽说，"那可真好。"而她立刻意识到，仅就托尼正目不转睛地盯着她看的样子，她说这话是不对的。"我的意思是，"她修正道，"你知道，我也爱你。"

"她是不是不可思议？"萨拉问大家，"我小妹妹是不是很不可思议？你觉得呢，豪伊？称呼你豪伊可以吗？"

"当然，"霍华德和蔼地说，"我觉得她很不可思议。"

萨拉被剃光头已经过去了一年多，但是她的头发仍然是被剪过的、乱糟糟的样子，而且毫无光泽。她的其他地方，那张半塌陷的脸部以下的部位，全都松松垮垮、臃肿不堪：看上去比她的年龄要老许多。很快其他人开始各自交谈起来，任由一对姐妹坐在沙发上，艾米丽利用这个机会说：“我不知道你牙齿掉了，萨拉。什么时候搞的？”

“哦，我不知道；两年前吧。”萨拉说，那口气和她在中埃斯利普精神病院，鄙视她的头部伤口时说“没什么”是同样的尴尬而漫不经心，艾米丽意识到问这个问题很不恰当的时候已经太晚了。为了弥补，她捏了捏那双苍白的手，而那双手也正在捏着她自己的手，她说：“你看起来很好。”

“彼得！”萨拉厉声喊道。艾米丽想到她或许要说“规矩点”，但结果她说的是：“讲讲你在非洲遇到的那个黑人老牧师的故事。”

“现在就别操心那个了，妈妈。”他说。

“哦，求你了。来吧，彼得。”

“妈妈，我真的不想，好不？再说它怎么也不是‘故事’。”

“它当然是了，”她坚持说，“彼得在非洲的时候，遇到一个杰出的黑人老牧师，而他——”

“妈妈，你能不说它吗？”他说，微笑着表示他不是真的生她的气，而直到这时她才饶过他。他仍然微笑着，微微地噘噘嘴唇，好像给她一个飞吻。然后他转向霍华德说：“你是做哪种法律工作的，先生？”

又过去一会儿，厨房的门砰的一声关上，一个身材矮胖、眯着眼睛的青年人走进来，身着镶满钉子的皮夹克和摩托车手皮靴，看着好像他要对他们所有人都不客气似的；艾米丽片刻之后才意识到，这是萨拉的三儿子，埃里克。他礼貌地对着艾米丽点了下头，然后和霍华德握手；接着他把爸爸和哥哥拉到一旁开小会去了，咕哝了很久，似乎是关于一辆汽车的工作情况，而等他们的事情处理好了，他又无精打采地走出去。

这是一个晴朗的九月的下午。窗外，树木在风中摇曳，斑驳的树影在布满尘土的地板上挪移。没有人能想出有什么话题好聊的。

"安东尼？"萨拉静静地说，好像在提醒她丈夫注意某件私事。

"嗯。"他回答，然后走到厨房去了。他回来的时候，端着一杯看着像是橙汁的东西，但是他把它拿给她的动作中没有任何喜庆的气氛：杯子吊在他手指上，贴着他穿牛仔裤的一侧大腿，而他似乎是偷偷摸摸地把它塞到她等在那里的手中。她最初啜了几小口，动作缓慢而庄严，足以表明里面盛的是伏特加或者杜松子酒。

"有谁要喝——咖啡还是什么？"托尼·威尔逊问他的客人。

"不，多谢，"艾米丽说，"事实上，我们该走了；还要开很久呢。"

"哦，你**不能**走，"萨拉对她说，"你们才刚**到**这儿呢。我不会**让**你们走的。"接着，她的饮品开始产生效果，她眼睛一亮，想到一个新主意。"彼得，"她说，"你能帮我个忙吗？一个小忙？"

"什么忙？"

她顿了顿，以便产生戏剧性的效果。"把吉他拿来。"

他看上去很恼火。"哦，不，妈妈。"他说，他坐在那里时，其中一只手垂在膝盖旁，做了一个小小的否定的手势，表示这是不可能的。

"拜托了，彼得。"

"不。"

但萨拉不接受他的回绝。"你所要做的，"她解释道，"就是到你的车里去拿它，把它拿回到这儿来，然后弹一曲《所有的花儿都哪儿去了》。"

最后还是托尼打破僵局。"他不想弹，亲爱的。"他告诉妻子。

然后艾米丽站起来，微笑着，证明她之前说她和霍华德该走了是认真的。

萨拉坐在沙发上一脸困惑不解的样子，没有站起来跟他们道别。

萨拉再没有来过信，也没打过电话。圣诞节期间，威尔逊夫妇的贺卡是由托尼草草签名的，并不是萨拉那欢天喜地的笔迹，而这让人有点儿不安。

"你觉得我应该给她打电话吗？"艾米丽问霍华德。

"因为什么？就因为那张圣诞卡？不，甜心。如果她遇到什么麻烦，她会打电话给你的。"

"好吧。我想你是对的。"

接着是一九六八年五月的一个深夜——艾米丽后来算出来，那是离萨拉四十七岁生日还有三个月的前夕——一阵电话铃声把艾米丽从床上跌跌撞撞地叫起来。

"艾米丽阿姨？"

"彼得？"

"不，我是托尼——小托尼……对不起你姐姐今天走了。"

她首先想到的，甚至在把那个消息听明白之前，就是像小托尼那样说"走了"，而不是"死了"。

"她是——怎么死的？"片刻过后她问道。

"她一直患有一种肝病，已经很久了，"他沙哑着嗓子说，"所以主要是因为那个，而她在房子里摔的一跤把病情搞严重了。"

　　"我明白了。"艾米丽听到自己的声音沉入一种静默庄严之中，与电影里的人们在听到死讯时一个样。这一切没有一个像真的。"你爸爸怎么样？"

　　"哦，他——挺能忍得住的。"

　　"好吧，"她说，"替我向他——你知道的——替我问候他。"

第二章

霍华德的车子正在修理，所以他们不得不坐火车去参加葬礼。

"在牙买克换车。"检票员告诉他们。

去圣查尔斯的一路上，艾米丽透过脏兮兮的窗户盯着郊区从面前慢悠悠地滑过，全部心思都沉浸在对姐姐的回忆之中。萨拉二十岁，穿着借来的衣服，端庄优雅，抱怨说她不在乎那傻了吧唧的复活节游行；萨拉十六岁，牙齿上戴着牙套，每晚都弓着腰在水槽上洗毛线衣；萨拉十二岁；萨拉九岁。

九岁或十岁的时候，萨拉的想象力在两个女孩中明显要强更多。她会拿出十美分一本的沃尔沃斯纸娃娃书，剪下那些洋娃娃和它们带吊饰的衣服，几乎从不会越过边线出错，她还会赋予每个穿裙子的洋娃娃以一种个性。她会决定哪个女洋娃娃是最漂亮和最受欢迎的（如果她觉得某个娃娃衣服不够好看，会用蜡笔或水彩颜料设计并制作出更好的来）；然后她会把所有其他的娃娃沿着臀部向前折叠，让她们像观众一样坐下；她会让表演者站直了，令她像真正的歌手一样微微地颤抖，让她唱《欢迎，甜美的春天》或者《寻找银线》，这两首歌的歌词她全都知道。

"你还好吧，艾米丽？"霍华德问道，碰碰她的胳膊。

"当然，"她说，"我很好。"

年轻的埃里克在车站接他们，他戴着镜面太阳眼镜，穿着一套廉价的深色西装，他的大手腕垂在袖子外面，像厚厚的肉块。

"彼得到了吗？"她问他。

"所有人都到了。"他说，一边载着他们娴熟地在车流中穿行。

这将是场煎熬。唯一能做的就是挺过去，不管怎样要挺过去，竭力记住霍华德·邓尼格在那里和她在一起。他一个人坐在埃里克车子的后排座位上，但她微微侧过头就能看到他那熨烫得很整齐的牛津灰法兰绒长裤，这令她很踏实。

"不是正式的葬礼，"埃里克扶着方向盘说，"我们只会举办一个小型的仪式——你知道的——在墓穴边。"

然后他们就全都走在墓碑间青翠的草地上，头顶是蓝色的天空，这时，艾米丽突然想到，威尔逊一家说到底一定是个大家族，如果他们在长岛最拥挤的地区能有一块私人墓地的话。萨拉敞开的墓穴上覆盖着一片灰色防雨布。那口已经盖上的棺材看起来很小，正停放在一个将把它放进地下去的一个小装置上——除了在艾米丽的童年记忆中，萨拉就从来没有非常庞大过。不远处，一块挺新的墓碑上刻着"埃德娜；杰弗里的爱妻"，而艾米丽就此才知道老埃德娜已经死了：滑稽的是萨拉都没告诉过她。她做了一个心理暗示，要在仪式结束后问问萨拉，随即她意识到再也不能问萨拉任何东西了。她非常害羞，像个孩子在寻求父亲的原谅似的，把手指头勾住霍华德的手臂。她几乎能听到萨拉的声音在说："没事的，艾美。

没事的。"

在他们的左边，一个大块头的、面相温和的男人在哭泣，或者更确切地说是在嚅动嘴唇，努力克制着自己，眨着红红的眼睛；紧挨着他的是一个主妇模样的年轻女人，带着一个蹒跚学步的婴儿，一个大一点的男孩，还有一个扯着她裙子的大一点的女孩。那是小托尼和他的妻子、孩子和继子女。牧师也在那里，紧握着他那本小祈祷书，和大家一起等待其他送葬者到达。

远处，有几扇车门砰砰地关上，很快就有一群人出现了，走得很快。托尼走在中间，和另一个人兴致勃勃地说着话。他似乎在边笑边说，还反复做着同一个动作，几年前他在告诉杰克·弗兰德斯关于马格南喷气式战斗机的起飞速度时也是这套动作（"唰！"）——手掌心贴着太阳穴如一把刀向正前方劈去。旁边的那个人微笑着点点头，有一次他还用拳头捶捶托尼的肩膀。从衣着和举止看——衣服浆洗过，身材结实，属于中等偏下阶层——艾米丽想，这些人都是托尼在马格南工厂的同事；跟在他们后面的是彼得和另一群人，一些庄重的年轻人，年龄和他相仿，看起来像研究生。

托尼走来艾米丽和霍华德站着的地方时，他一直在说。"……一直往前，对不？"他询问他身旁的人，"不要向后看"——他做着那个手心对着太阳穴的手势——"一切都一直往前。"

"对的，托尼，"那人说，"正是如此。"

"哦，我说，"托尼眨着眼睛说，"你好，艾美。"他那双眼窝又红又肿，好像他曾用拳头使劲地揉过它们很久。

"你好，托尼。"

接着他看到了霍华德，和他握手。"很高兴见到你，霍温格先生[1]。我说，我们这里的一个人上个月到你们公司去了；我告诉他说：'我认识那里的**法律**顾问；可能对你有用的。'或许你会遇见他；一个很好的家伙，名字叫——哦不，等等。那是联碳公司。"

"好吧，"霍华德说，"两家差不多是一回事。"

托尼又把通红的眼睛转向艾米丽。他好像在努力想要告诉她一些事，却一时找不到词语表达。"我说，"他说，把他的手掌心靠在一只眼睛的旁边，"一直往前。不回头；不向两边看——"那只手向前猛挥出去，"一直往前。"

"对的，托尼。"她说。

仪式开始时，马格南工厂的人和研究生们退后一步，保持着适当的距离。彼得，他的眼睛和嘴巴看起来没有任何情感只有担心，他扶着他爸爸走到墓穴的一边，然后紧紧抓住他的上臂，好像是为了防止他摔倒。牧师的声音庄重地诵读着基督教话语时，托尼的下巴张开了，几缕口水挂在他颤抖的嘴唇之间。

"……地归地，"牧师说，"尘归尘，土归土……"他捏碎一把泥土，洒在萨拉的棺材上，象征着对她的埋葬。

然后一切就结束了，他们全都走出墓地。彼得已经把他爸爸交给马格南工厂的工人们；现在他与艾米丽和霍华德的步伐保持一致，他说："你们会和我们一起回家坐上一会儿，是不是？这边，我们都坐我的车走。"

除了他的手在点火和操纵方向盘时有点颤抖之外，他似乎完全

---

1 托尼把霍华德·邓尼格的姓"邓尼格"记错了，记成了"霍温格"。

控制住了自己。"那些年轻人是我在神学院的朋友，"他一边开车一边说，"我没有要他们来；他们知道后都自己来了。人们这般的善良总令我十分惊讶。"

"嗯。"艾米丽说。她想说"她是怎么死的，彼得？告诉我事实"，可实际却是，她转过头，看着掠过的那些色彩鲜艳的超市和加油站。"彼得，"过了一会儿她说，"你爷爷好吗？"

"哦，他很好，艾美阿姨。他今天想来的，但他感觉身体吃不消。他在疗养院待了有一段时间了，你可知道。"

那座旧房子比艾米丽记忆中的样子要更破败、更令人望而生畏。小托尼的一个继子咯咯地笑着为他们开门，然后跑开躲进带霉味的客厅；其余的人围坐在餐桌边，桌上堆满做三明治的材料、瓶装的啤酒和苏打水。这是一场喧闹的聚会。

"……**这个家伙**，"马格南工厂的一个人说，一边开心地拍着托尼的肩膀，"这个家伙抓到一条可怜的小河豚，兴奋得不得了，我觉得他非把那**船**给弄翻不可。"

托尼的眼睛还肿胀着，因为被拍了一下，他扭了扭身体，爆发出一阵大笑，然后他把一罐啤酒举到嘴边。

"我要给你拿点什么吗，艾美阿姨？"彼得问。

"不，多谢啦。嗯，是的——我要点啤酒吧，要是够的话。"

"你呢，先生？"

"暂且什么都不要，多谢，"霍华德说，"我没事的。"

"不，但我永远不会忘记那**一次**我们出去。"马格南工厂的那个人说。他的脸因为第一个钓鱼故事的成功而激动得通红，于是他开始又讲一个，似乎根本没有注意到他已经失去大部分的听众。"那次和我们在一起都有谁，托尼？你，我，弗雷德·斯洛维克——我忘了。不管怎样，我们……"

"还有人要肝泥香肠吗？"小托尼问道。他正在问各人对于三明治口味的要求。"你要加普通的芥末酱，还是婴儿屎酱？"他的妻子显然已经把那婴儿放下睡觉了，正想擦掉溅在一个发脾气的五岁孩子裙子上的可口可乐。

"不过，你告诉我，"一个神学院的学生，一个满面喜色、带南方口音的男孩，在腼腆地朝着小托尼微笑，"有一件事我不明白。小的时候，你怎么没有更狠地揍你弟弟？"

"哦，我试过的，"小托尼说，一边把蛋黄酱抹在黑麦面包上，"我试过许多次，但并不容易。我是说别看他小，可他瘦得很结实。"

"……所以我说'我赌五块钱'，"那个马格南工人喊道，"我赌**五块钱**说威尔逊一整天什么也抓不到。"

"啊，天哪，马蒂，"托尼说，一边哈哈大笑，一边假装恼怒地摇晃着脑袋，"等我们**全都**死光了，你还在讲那个故事。"

彼得去接了一个电话；回来后，他说："是找你的，爸爸。"

托尼依然沉浸在马蒂的故事中神采飞扬（其中的奥妙在于，那天他钓到的河豚比船上其他任何人都多），他眯起眼睛看着一杯威士忌，说："是谁，皮特？"

"是瑞恩警司。你知道的；警察局的。"

托尼一口喝干杯中的威士忌，因为威士忌的滋味又苦又甜而扮了个鬼脸。"警察，"他咕哝着站起来，"该死的警察认为我杀了我老婆。"

"噢，行啦，爸爸，好啦，"彼得用劝慰的口吻说，一边跟着他爸爸走出房间，"你应该很清楚。我一遍遍告诉过你，这只是例行调查。"

托尼和瑞恩警司的谈话没有持续很久；当他重新回到大家中来时，他又喝了一杯——此时那两瓶威士忌在桌上传来传去——喧闹声和笑声一直持续到下午很晚的时候。

当艾米丽起身摸着路去洗手间的时候，深蓝色的阴影洒满屋子。在走廊里，她绊了一跤，差点摔倒；她设法站直，发现自己撞到一个小柜子上，柜子里放着《每日新闻报》的旧刊，摞了三英尺高。回来时，她路过一个裱在镜框里的照片，是一九四一年复活节游行时托尼和萨拉拍的照片。照片挂歪了，好像是由于某种沉重的打击震动了那堵墙导致的。她伸出颤巍巍的手指，小心翼翼地把它摆正。

暮色沉沉四合之中，四处的灯开始亮起来。

"……不，但**我**想知道的是，"那个马格南工人在对小托尼说，"**我**想知道的是，你们这些家伙能为我干些什么样的活。"

"最好的，马蒂，"小托尼向他保证，"你可以随便问人：我们是萨福克县这一带最好的机械师。"

"因为从**我的**角度看，我的意思是，"马蒂坚持说，"从**我的**角度，那是唯一的——你知道的——唯一的考虑。"

"妈，"一个小孩子呜咽着，"嘿，妈，我们现在能回家吗?"

"我说，来喝一杯吧，"托尼对着一群犹豫不决的神学院学生说，"你们这些家伙难道一点酒都不喝吗?"

"谢谢你，先生，"其中一个说，"一点点兑水威士忌。"

"你没事吧，艾米丽?"霍华德问，从与另一个马格南工人的谈话中抬起头来。

"我很好。要给你拿杯酒吗?"

"我有了,谢谢。"

在这过程中,埃里克始终一个人靠在厨房的门框上,一言不发,而且由于戴着镜面太阳镜而显得神秘莫测,像一个年轻的保安,被雇来防止这个聚会失控。

小托尼的妻子带着孩子们回家了,没有跟任何人打招呼;不久后神学院的学生们离开了,然后所有的马格南工人离开了,除了马蒂。

"……听着,托尼,"马蒂说,"你得吃东西,对吧?大家都去曼尼餐厅吃点牛排吧。"

在经过醉醺醺的、预热似的就谁跟谁坐车争执一番之后,送葬的人分坐几辆车,沿着高速公路呼啸而去,来到一家泛光灯照明的加利福尼亚风格的餐厅,曼尼·费尔登牛排屋。

里面太暗了,他们端起满满的鸡尾酒杯干杯时,几乎都看不见桌子对面的人。彼得是清醒的:他紧挨着他爸爸坐,好像这个仪式,就像墓地里的那个一样,可能也需要他的帮助。马蒂和小托尼再次沉醉于他们的业务讨论,尽管此时已经带有哲学的意味。在任何领域,诚实的技艺都无法替代,马蒂说,小托尼则缓慢而坚定地点头,表示他再赞成不过了。"我是说**任何**领域,不管是机修工还是木工,或者制鞋业,或者随便你说的什么。我说的对吗?"

艾米丽双手紧紧扶住桌子的边缘,因为它已经成为她视野里唯一稳固的表面:其他一切都在漂移、旋转。在她旁边,紧抵着墙面装饰材料的——那面墙也不稳定——霍华德正在狠劲灌酒,预示着这可能是自她认识他以来，第三或第四个晚上他要醉酒上床。

埃里克的身边没有一个人，当巨无霸牛排上来了，他是唯一一个吃得津津有味的人。他像个饿极的人似的，迫切而有节奏地吃着，弓着腰俯在盘子上，好像是在确保盘子不会被夺走。

"……不，但我年纪越大，"马蒂说，"——你听着，我寻思我最多只比你大十五岁——我年纪越大，我越是要停下来思考。我是说你今天看到这些孩子，蓄着长发，穿着脏兮兮的牛仔裤四处游荡，脑子里尽是些疯狂的主意，可**他们懂些什么呢？我说得对吧？我是说他们懂些什么呢？**"

最后看来霍华德还是够清醒的，他从口袋里掏出时间表，在打火机摇曳的火光中研究一番，然后断定他们有十五分钟的时间能赶上末班火车。

"保持联系，艾美阿姨，"彼得说，站起来向他们道别，然后他和霍华德握手，"谢谢你能来，先生。"

托尼挣扎着从椅子里站起来，身子直摇晃。他对霍华德咕哝了一些听不清的话，擦了擦嘴，看似拿不定主意，是否该在艾米丽的脸颊上亲一下。结果是，他只把她的手握了一秒钟，眼睛都没完全正视她；然后他放下手，慢慢地把手举到太阳穴旁，向前劈出去。"一直往前。"他说。

艾米丽过了很长一段时间才意识到萨拉是死了。有时候，从一场充满萨拉的脸和声音的童年梦境中醒来，她会去浴室，对着明亮的镜子研究自己那张脸，直到她找到确证，那仍然是萨拉妹妹的脸，看上去还不老。

"霍华德？"有一次他们躺在床上等待入睡时，她说，"你可知道吗？我真希望你能在老早就认识萨拉，在一切都分崩离析之前。她挺可爱的。"

"嗯。"他说。

"可爱、阳光、充满活力——虽然这听起来可能有点傻，但我想如果你那时就认识她，也许能帮助你更好地了解我。"

"哦，我不知道。我想我很了解你。"

"不，你不了解。"她说。

"嗯？"

"你真的不了解。我们几乎从不谈心。"

"开玩笑吧？我们一直在他妈的谈心，艾米丽。"

"你从没想听听我的童年经历或什么的。"

"我当然想。我对你的童年全都知道。再说了，每个人的童年都非常相似。"

"你怎么能这么**说**？只有**世界**上最迟钝、最麻木不仁的人才会说出这种话。"

"好啦，好啦，好啦，"他睡意蒙眬地说，"给我讲一个你童年的故事吧。要讲得令人心碎。"

"**呸！**"她把身体翻过去，"你无可救药。你是一个尼安德特人。"

"嗯。"

又一次，他们黄昏时分开着车从乡间返回的时候，她说："你怎么能这么肯定是肝硬化，霍华德？"

"我不确定；我只是说很可能如此，考虑到她喝酒的样子。"

"不过，还有一件很可疑的事，就是'她在房子里摔了一跤'。警察打电话来，托尼也说'警察认为我杀了我老婆'。我敢打赌他的确干了，霍华德。我敢打赌，他一定是醉酒发疯，用椅子或什么的打她了。"

"他们没有逮捕他，是吗？如果他们有任何证据的话，他们一定已经逮捕他了。"

"好吧，但他和孩子们可以把证据隐藏起来的。"

"甜心，这一切我们都讨论过上百遍了。它只是许多你永远不会搞明白的事情中的一个。生活中充满了那样的事情。"

三四个旧谷仓过去了，然后是数不清的郊区开发项目，然后就开始进入布朗克斯区；一直到亨利·哈德逊大桥，她才说了句："你说得对。"

"对什么？"

"生活中是充满了那样的事情。"

霍华德身上也有一些她永远都不会知道的事情，无论她可能多么地爱他。有时似乎她根本就不了解他。

工作上的事情不很顺利。汉娜·鲍德温很少再邀请艾米丽出去吃午饭——她已经喜欢上和艾米丽部门的一个年轻女子一起吃午饭——她很少叫她"甜心"了，她也不再经常在上班时间走出她的私人办公室，把她结实的、衣着考究的屁股猴在艾米丽的桌沿上，一个又一个小时地耗着闲聊。她已经开始给艾米丽一种她向霍华德描述的"古怪的脸色"看——猜忌性的、不是十分友好的表情——她还找茬儿，批评艾米丽做事的方式。

"这份文案很平淡，"一次，她对着一份艾米丽花了好多天才搞出来的东西说，"它就是立不起来。你就没有办法吹口气，让它有点儿生气？"

一个瑞典进口商的名字印刷出来时，其中的一个元音上少了变音符，汉娜强烈地暗示，这都是艾米丽的错。而当艾米丽让一个国碳公司的广告进入制作程序，却没有注意到"泰诺"后面没有标上"专利申请中"的字样时，汉娜表现得好像那是一场天大的灾难。"你想到过吗，像这样一件事情会涉及怎样的**法律**问题？"她责问道。

"汉娜，我相信一切都没问题的，"艾米丽说，"我**认识**国碳公司的法律顾问。"

汉娜闪了闪眼睛，又眯缝起来。"你'认识'他？什么意思，你'认识'他？"

艾米丽感到自己的脸在发烧。"我是说我们是朋友。"

一时间都没说话。"好吧，"汉娜最后说，"有朋友挺好，但这与商业事务没有太大的关系。"

那天晚上吃晚餐时，艾米丽把这事对霍华德说了，他说："我听来好像是她到了更年期。你能做的真他妈的不多，这事。"他在牛排上切下一片，细细地嚼碎，最后才咽下去。然后他说："你为什么不辞掉这该死的工作呢，艾米丽？你不用去工作的。我们不缺钱。"

"不，不，"她急忙说，"没那么糟；我还没准备好做那种事。"但后来，她站在水池边洗盘子，他则自斟自饮一杯餐后酒，她感到一种想哭的强烈冲动。她想走到他跟前，贴着他的衬衫漂亮地哭一场。他说了："我们不缺钱。"那口气就好像他们结婚了似的。

　　一个晚上，是萨拉去世一年后了，一个声音听上去疲惫不堪的妇女打电话来，自称是中埃斯利普州立医院的，她说："我们很遗憾地通知你，埃斯特·格莱姆斯去世了。"

　　"哦，"艾米丽说，"我明白了。那，你能告诉我程序是怎样的吗？"

　　"程序？"

　　"我是说——你知道的——关于葬礼的安排。"

　　"这完全取决于你，格莱姆斯小姐。"

　　"我知道这取决于我。我就是说——"

　　"如果你想举行一场私人葬礼，我们可以推荐这一带的几家殡仪馆。"

　　"就推荐一家，好吗？"

　　"我得到的指示是推荐几家。"

　　"哦。好吧，好的，等等——让我拿支铅笔。"当她放下电话经过霍华德的椅子时，她说，"我妈妈死了。你知道吗？"

　　等她把正事忙完了，霍华德说："艾米丽？你想要我明天和你一起去吗？"

　　"哦，不，"她告诉他，"这将只是一个难堪的小仪式，在那个叫啥来着，在太平间里。我自己能对付。"

　　第二天下午，艾米丽坐的出租车在太平间外面停下的时候，普奇的三个外孙全都在中埃斯利普医院的树荫下等着了。那里也只有他们几个人。彼得从他的兄弟们中间走出来，微笑着上前帮助她下出租车。"很高兴见到你，艾美阿姨。"他说。他戴着一个牧师的衣领；他已经被任命过了。"常规是他们会从医院派一个牧师过来主持这些仪式，"他说，"但我问他们我是否可以主持，他们说可以的。"

"嗯，那——那蛮好的，彼得，"她说，"那太好了。"

昏暗的小教堂里有股灰尘和清漆的味道。艾米丽、埃里克和小托尼坐在前排长椅上，面对着祭坛，祭坛上，普奇那已经合上的棺材位于两个烛台之间。然后，彼得从侧门走进来，戴着某种圣公会的圣带，开始大声朗读祈祷书上的话。

"……我们没有带什么到这世上来，也不能带什么去。耶和华所赐的，耶和华所夺的；耶和华的名是应当称颂的……"

仪式结束了，艾米丽去到办公室，走到一个出纳员窗口，里面一名男子递给她一张列有细目的发票，并在看过她的驾照后，收下她的支票。"你可以跟着遗体一起去火葬场，"他说，"但我不推荐。没什么可看的。"

"谢谢。"她说，想起了中埃斯利普医院地平线上的双胞胎大烟囱。

"谢谢您。"

威尔逊家的三个男孩在等她。"艾美阿姨?"彼得说，"我知道我爸爸想要见你。我能开车送你过去吗，就几分钟?"

"嗯，我——好的，当然。"

"你们俩呢?"

结果是两个兄弟都得回去上班，于是在咕哝着说过再见后，他们的汽车朝着不同的方向呼啸而去。

"我爸爸又结了婚,"彼得载着她行驶到一条长长的直路时,他说,"你知道吗?"

"不;不,我不知道。"

"这世界给予他的最好的东西。他娶了一位非常好的女士,她在圣查尔斯有一家餐馆,是个寡妇。他们是好多年的朋友了。"

"我明白了。那他们还住在旧的——"

"哦,不;'大树篱'早就没有了。妈妈死后不久他就把它卖给了一个开发商。现在那里除了泥土和推土机什么都没有了。不,他搬去和他的新妻——她的名字叫薇拉——一起住在餐馆楼上的一套公寓里。非常好。他已经从马格南工厂退休了——这你知道吗?"

"不。"

"嗯,他大约六个月前出过一场严重的车祸,头部受到重伤,肩膀骨折,所以他提早退休了。现在他有点处于休养状态,把一切都看开了;我想如果他准备好重新工作时,他会和薇拉合伙一起做餐馆生意。"

"我明白了。"过了一会儿,她突然问起老杰弗里的事。"你爷爷怎么样,彼得?"

"哦,他死了,艾美阿姨。他去年死的。"

"嗯,我——很遗憾听到这个消息。"

道路两旁的田野被密集的大片房屋取代,然后是购物中心,里面停泊着几英亩的车子。"说说你自己,彼得,"她说,"你现在在哪里落脚?"

"我幸运地找到了一份特棒的工作,"他说,目光离开方向盘,向一旁瞥了一眼,"我是新罕布什尔州爱德华兹学院的助理牧师。

你听说过爱德华兹学院吗?"

"当然。"

"我第一份工作能找到这样的已经是再好不过,"他继续说道,"我老板是个好人,一个好牧师,而我们似乎想的也差不多。这工作非常富有挑战性,非常富有满足感。不仅如此,我喜欢和年轻人打交道。"

"嗯,"她说,"好吧,挺好的。恭喜你。"

"那你呢,艾美阿姨?"

"哦,我差不多还是老样子。"

一段长长的沉默。然后,他沉思地盯着前面的道路,说:"你知道吗?我一直都钦佩你,艾美阿姨。我妈妈过去常说:'艾美是个自由的精灵。'小时候我不知道那是什么意思,还问过她一次。她说:'艾美不在乎别人会怎么想。她有主见,她走自己的路。'"

艾米丽的喉咙塞住了。当她觉得说话不碍事了,她说:"她真的这么说了?"

"我记得她的确是这么说的。"

他们此时正行驶在郊区街道上,人口非常密集,他不得不因为红灯而刹个不停。"不很远了,"他说,"就在下一个拐角处……就这儿。"

餐馆的招牌上写着"牛排、龙虾、鸡尾酒",但是餐馆的外观颇为惨淡:正面的白色护墙板上的油漆在剥落,窗户都太小了。对这样一种地方,一对坐在车里的饥饿的男女也许要花上几分钟掂量一番。("你咋想呢?""嗯,我不知道;看样子有点糟。也许前面有更好的地方。""甜心,我告诉过你:几英里内找不到其他地方了。"

"哦，好吧，这样的话——当然；管他妈的。"）

彼得把车停在餐馆停车场杂草丛生的碎石地上，领着艾米丽绕到楼后面一道通往二楼一扇门的木头楼梯那儿。

"爸爸？"他喊道，"你在家吗？"

于是托尼·威尔逊出现了，看着就像年老昏聩的劳伦斯·奥利佛，他打开那扇并不结实的门，把他们让进屋子。"我说，"他说，"你好，艾美。"

这套小公寓有种临时凑合的样子——它让艾米丽想起普奇位于"大树篱"车库上方的旧公寓——里面的家具杂物太多了。托尼的两位祖先从凌乱的墙上凝视着大家；其他的相片都是那种带相框装裱好的，从五美分、十美分小店里买来的。薇拉慌慌张张地从厨房里进来，满脸笑容，是一个精力充沛的大块头女人，四十多岁，穿着短裤。

"我希望你不会认为我的腿一向都是那么粗，"她说，"我有些严重的过敏症，有时候会令我的腿肿起来。"她一拳头砸在一条抖颤着的大腿上，示意那里有多余的肉，"你能找个地方坐下吗？彼得，把蓝色椅子上的那个盒子搬下来，这样她就可以坐了。"

"谢谢你。"艾米丽说。

"听到你妈妈的事，我们非常难过。"薇拉压低声音说，挨着托尼坐在一张小沙发上，艾米丽认出那沙发是从老房子里搬来的。"妈妈都只有一个啊。"

"嗯，她已经——病重很长时间了。"

"我知道。我妈妈也是这样。在医院进进出出五年，始终疼。胰腺癌。我的第一任丈夫也是的——结肠癌。他死得很痛苦。而这一个，"她胳膊肘重重地捣了一下托尼的上臂，"**上帝啊**，瞧他把我给吓的。彼得告诉你那个事故了吗？哦，我忘记给你喝的了。你想来点咖啡吗？或者喝点茶？"

"不，谢谢；两个都不要。没关系的。"

"不管怎样，吃块曲奇吧；它们挺好吃的。"她指着咖啡桌上的一盘巧克力曲奇说。彼得伸手拿起一块，大嚼特嚼起来，而她则继续说着话。"**不管怎样**，"她说，"高速公路巡警下午五点半打电话给我，我赶到那家医院时，他们还没开始给他动手术。他们让他躺在急诊室的一个担架上，昏迷不醒，地上到处都是血，我向上帝发誓，我以为他死了。他的脑浆都流出来了。"

"好啦，薇拉。"彼得含着满口的曲奇说。

她转过身看着他，眼睛瞪得圆圆的，显得无辜而愤慨。"你不相信我？你不相信我？我对上帝发誓。我对上帝发誓，彼得，那人的脑浆从他的**头发**里往外流。"

彼得把嘴里的东西咽了下去。"好吧，"他说，"至少他们想法子把他缝好了。"他转向他父亲："爸爸，我这就告诉你一件事，它，我认为你可能想要读一读。"他从外套的内侧口袋掏出一本折叠起来的小册子，是用深褐色的纸张印制的，典雅大气，上面有一个古英格兰样式的纹章，标题中有"爱德华兹学院"几个字。

"这是什么？"薇拉查问道，仍然在为彼得不相信头发中流脑浆而恼火，"布道词还是什么？"

"哦，得了吧，薇拉，"彼得说，"你知道我不会给你布道词的。它只是我那个教堂印发的小册子。"

"嗯。"托尼说。他从衬衫口袋里掏出一副眼镜，把它们戴上，透过它们看着那宣传册，眼睛眨了几下。

"那第一篇文章是我老板写的，"彼得解释说，"你或许也会喜欢它的。我自己的那篇文章在内页上。"

"嗯。"托尼把小册子连同他的眼镜还有一盒香烟小心地放进衬衫口袋里，然后说："非常好，皮特。"

"哦，这个彼得，"薇拉向艾米丽讲起贴心话，"他是不是太优秀了？他是不是有一天能给哪个女孩子带来幸福？"

"他当然能。"

"小托尼和我有点问题，"她说，"还有埃里克——嗯，我不了解埃里克；但是这个彼得，他真是太优秀了。只有你是知道的，对不？她们在宠他，爱德华兹学院所有的那些女人们。把他宠坏了。她们**喂**他东西；她们为他铺**床**；她们帮他把**衣服**拿去洗——"

"够啦，薇拉，"彼得说，然后他看了看手表，"我想我们最好动身了，艾美阿姨，如果我们想赶那班火车的话。"

接下来的那年冬天，霍华德不得不再次去洛杉矶——自从她认识他以来，这是他第七或者第八次去了。

"我不**需要**这么多厚重的衣物，"当她帮他打包的时候，他说，"你不明白那边有多暖和。"

"哦，"她说，"对的，我忘了。"于是她让他自己收拾其余的东西。

她走进厨房去煮咖啡，但是改变了主意，决定给自己倒一杯酒喝。霍华德的出门总是令人失魂落魄。她下定决心不问他是否想见琳达：上一次她问过他，是他第三次或第四次去出差的时候，而它导致的结果是几乎一顿大吵。此外，当酒精使她的血液暖和起来时，她安慰自己说，那是真的绝对不可能。他和琳达现在已经分居了差不多六年——六年，看在上帝分上——尽管他有时候仍然用往日那种令人恼怒的方式谈起她，可到如今肯定应该清楚的是，那段婚姻已经结束了。

但这带来一个潜藏的问题，它从一开始就一直在烦恼着她，一次又一次威胁着，要她尖叫着扑向他，喋喋不休地责问并要求得到一个回答：如果婚姻已经结束了，那他们为什么不离婚？

"怎么一回事？"霍华德站在厨房门口笑着说，"你一个人喝酒？"

"当然。你去做这些个旅行的时候我总是一个人喝酒。我正在练习，准备着你就此消失在加利福尼亚，永不归来。给我几年时间，我会成为你在大街上看到的那种可怕的老太太，身上四个大购物袋，在垃圾桶里翻东西，一边自言自语。"

"别说了，艾米丽。你生我的气？你在生什么气？"

"我当然没有生你的'气'。你想喝一杯吗？"

那一次的加利福尼亚之行没有给她任何担心的理由。他离开期间给她打了四次电话，第四次的电话里，他说他累了，她说："听着，霍华德：别从机场打出租车回家，受那讨厌的罪。我会开车过来接你。"

"不，不，"他说，"你不必那么做。"

"我知道我不必。只是这事我喜欢做。"

电话里出现一阵停顿，貌似他是在掂量。然后他说："好吧，很好。你是个甜心，艾米丽。"

她不习惯开他那辆又大又安静的车，尤其是在晚上，天上还下着雨。它的动力和流畅性把她吓坏了——她经常非必要性地踩刹车，惹得身后的驾驶员狂按喇叭——但她享受它那富足的、强劲的感觉，享受它那极度深沉的绿色宽大车厢盖上缀满珍珠般颤动的雨滴的样子。

霍华德从飞机舷梯上走出来时，看上去枯干而筋疲力尽——显得很苍老——但当他看到她的时候，他的脸上闪耀着一种几乎是孩子般的光芒。"该死，"他说，"看到你在这里等着的确是太好了。"

不到一年之后，他又去了加利福尼亚——而这次，他离开期间充满了静默和恐惧。她甚至没打算开车去接他，因为她不确定他会在哪天回家，白天还是晚上，更别说他是坐哪个航班。她所能做的只有等待——工作的时候，尽力安抚汉娜·鲍德温的不满，晚上，尽力抑制住自己想要喝醉了睡觉的强烈诱惑。

那期间有一次，她午饭后走回办公室，看到一张面容憔悴、任性的女人的脸——一张任何人见了都会说已严重衰老的脸（眼睛周围满是皱纹，眼圈深黑；嘴巴松弛、自怜自怨）——还震惊地发现，那就是她本人，不知不觉间映射在一扇大平板玻璃窗上。那天晚上，她一个人站在浴室的镜子前，试了无数种方法想让那张脸好看一点：先是微微一笑，让两眼出现皱纹，然后满心欢喜地开怀大笑，不同程度地绷紧和松弛嘴唇，用一柄手镜从不同角度衡量侧影的效果，不知疲倦地试验各种新方法，通过变换出不同发型来增强脸型的魅力。然后，在门厅的落地长镜前，她脱掉所有的衣服，在明亮的灯光下仔细观察自己的身体。她的腹部必须吸口气才会看起来平坦，现在胸部小几乎成为一种优势，年龄似乎没有对它们造成很大的影响。她转过头，越过肩膀仔细端详一番，确认她早已有数的事实，臀部在下垂，大腿后侧起了皱纹；但是再次站在镜子前面时，她断定，总体上说，她一点都不差。她走出十英尺远，直到她站在客厅的地毯上，站在那里表演她在巴纳德现代舞蹈课上学会的一系列步法和姿势。它是很好的练习，它给了她一种值得自豪的色情的感觉。远处的镜子里映现出一个苗条的、动作轻盈的女孩在毫不费力地做着各种动作，直到她踏错了一步，尴尬地僵在那里。她喘着粗气，开始出汗。这好傻啊。

该做的是洗个澡。但当她走进浴室，药妆柜上的镜子像那天街上的那扇窗户一样残酷无情地映照着她，于是一切又回来了：一张中年妇女的脸，糟糕透顶，亟待打理。

在她不再盼望他回家的那晚过后的第三天晚上，霍华德到家了，而即便不是始于他钥匙在锁里转动的声音，那也是从她看到他的那一瞬间，她就知道，一切都结束了。

"……我本来可以给你打电话的，"他解释道，"但我看不出有什么理由要把你吵醒，就只为了和你说我会晚一点到家。你最近怎么样？"

"挺好。你的旅行怎么样？"

"哦，这是——真可谓是一趟旅行。让我给我俩都倒杯酒，然后我们再聊。"厨房里传来冰块和玻璃器皿碰撞的声响，他放开嗓门喊，"事实上，艾米丽，有很多事情要聊聊。"接着他回到她身边，端着两个叮铃作响的高脚杯。他看起来很愧疚。"首先，"他在小啜了几口后长叹一口气，然后开口道，"我想这对你不是真的什么好消息，在过去的——管它多久了——我在这些旅行中有几次偶尔去见过琳达。"

"不，"她说，"这真的不是什么新闻。"

"有时候，我会提前一两天完成工作，"他接着说，听起来是受到了鼓励，"我就飞到旧金山，然后我们一起吃晚饭。不再有别的。她会告诉我她过得怎么样——实际上她过得非常好：她和另一个女孩合伙做生意，设计服装——而我就坐在那儿，表现得有点像她的爸爸。有那么一两次，我问她有没有遇到什么好男孩，然后她就会告诉我她一直'见面'或'约会'的男人的情况，这时我感觉我的心开始怦怦跳，像一个疯狂的——我不知道。我能感觉血在奔流，一直冲到我的手指尖。我会觉得——"

"说重点，霍华德。"

"好吧。"他几乎一口就喝光杯中的兑水威士忌，然后他又叹了一口气，仿佛是松了一口气，因为那最艰难的部分已经过去。"关键是这次出差并不是真的为了国碳公司的什么事务，"他说，"在这一点上，我确实对你撒谎了，艾米丽，我很抱歉。我痛恨撒谎。我整个时间都和琳达在一起。她现在快三十五岁了——没人能再把她唤作一个容易感情用事的小孩子——而她决定要回到我身边。"

之后的几个星期、几个月，艾米丽想到过许多激情满怀、措辞精巧的反驳，她本可以拿来针对他的那番表白；然而，在当时，她所能想到的只是那句软弱无力而温顺的话，那句她自孩提时代就痛恨自己使用的话："我明白了。"

只花两天时间霍华德就把他的东西搬出了公寓。他对一切感到非常抱歉。只有一次，在他把粗绳一样的丝质领带从衣橱里抽出来的时候，才出现了某种戏剧性的场面，最后演变成下面这幅可怕的、龌龊的一幕——结果她跪在地上，抱住他的双腿，哀求他，哀求他留下来——而艾米丽竭尽全力想把这一幕给忘掉。

世界上还有比孤独更糟糕的事情。她每天都告诉自己，她在高效地时刻为工作做好准备，熬过她在鲍德温广告公司的八个小时，征服一个个夜晚直到她能入睡。

曼哈顿地区的电话号码簿上已经没有迈克尔·霍根，也没有他的公关公司的任何条目。他总是说要搬到得克萨斯，那是他的故乡；很可能他已经搬走了。

泰德·班克斯还有登记，还是老地址，但当她打电话过去时，他似乎带着一种过分的尴尬解释说，他已经和一个了不起的人结婚了。

她尝试去联系其他人——以往似乎她的生活总是充满了男人——但没有一个现身。

电话簿上没有约翰·弗兰德斯；当她尝试去打西端大道的 J. 弗兰德斯时，发现对方是个女的。

有一年时间，她在面对世界时感受到一种剧痛——几乎是愉悦感——仿佛她无所谓。看着我，她会在一个煎熬的日子里自言自语地说。看着我：我还活着呢；我在应对呢；我在控制这一切。

但有一些日子会比其他日子更糟；一个下午，那天距她四十八岁生日只有两三天的样子，它特别地糟糕。她携带一摞已经定稿的文案和设计图纸去上城找客户确认，回来时她径直走进汉娜·鲍德温的办公室，这时才发现自己把东西都落在出租车的座位上了。

"哦，我的上帝啊！"汉娜叫道，坐在带滚轮的办公椅上向后退，好像被一枪击中了心脏。接着她又滑向前来，把两个胳膊肘撑在桌子上，十只手指抱住自己的头，把一头精心打理过的头发揉得一团糟。"你是在开玩笑吧，"她说，"那是**已定稿**的文本。那是已被**认可**的文本。上面有客户的**签名**……"

艾米丽站在那里看着她，终于意识到自己一直以来是多么地讨厌她，知道这很可能是她最后一次面对这种羞辱。

"……完全的、彻头彻尾的粗心大意，"汉娜在说，"这事随便交给哪个**小孩**都能做好，而这是非常**典型**的你，艾米丽。我并非没警告过你；我什么样的机会都给过你。我一直在担待你——我已经担待你好多年了——我只是再也担待不起了。"

"我有几件事要告诉**你**，汉娜，"艾米丽说，很骄傲自己只是微微有点颤抖，而她发出来的声音几乎镇定自若，"首先一个，我已经在这里工作时间太久了，不能被'炒掉'。我想辞职，就从今天起。"

汉娜把双手从她凌乱的头发上拿开，抬起头来，第一次直视着艾米丽的双眼。"哦，艾米丽，你**真**是个小孩子。你难道看不出来我想帮你忙吗？如果你辞职，你将一无所获。如果你让我炒掉你，你就能去领失业救济金。你难道连这都不知道？你是不是昨天才出生的？"

第三章

吃失业救济——一个女人的故事

在纽约，如果你被解雇了，你可以领五十二周的失业补偿金。之后，如果你还没能找到工作，你唯一的依靠是去领社会保障金。在大都会地区有一百五十多万人在领社会保障金。

我是白人，盎格鲁-撒克逊血统，新教徒，大学毕业。我一直在"专业"领域谋生——当过图书管理员、记者，最后是一名广告文案写作者。现在是我失业的第九个月，能看见的除了社会保障金再没有别的。我的就业顾问，公共的或是私人的，都尽了最大努力；他们告诉我，就是没有工作。

也许没有人能彻底解释这种困境，但冒着要表现出一种轻而易举且太过时髦的自怜的危险，我要冒险猜猜看：我是个女人，而且我已不再年轻。

艾米丽的文章到此为止。它已经卷在她打字机上好几个星期；

现在那页纸都打了卷，被太阳晒得褪色，而且积着灰尘。

到她失业的第十一个月时，她开始害怕自己也许要发疯。她已经退租原来的公寓，搬到西二十几街一个更小、更便宜的地方，离杰克·弗兰德斯曾经住过的地方不远。凝望着清晨的阳光从街对面的楼宇间射下来，她常常想起杰克·弗兰德斯在浴袍里抚摸她的胳膊肘时说的话："有时，如果你手法高明的话，你就能遇到一个好女孩。"但那正是问题的一部分：她一直活在回忆里。整个纽约，看见的、听到的或闻到的，无不让她联想起昔日的时光；无论她走到哪里，她有时一走就几个小时，她找到的只有过去。

烈酒她不敢碰，但她喝下的啤酒足以使她在下午睡觉——这是一种消磨时间的好方法——有一次，正是从这样的午睡中醒来后，她坐在床上盯着地板上的四个空啤酒罐，第一次有种要发疯的预感。如果有人问她，那会是在哪一天，哪一月，哪一年，她会不得不说"等等——让我想想"，而她并不知道窗外的灰色究竟是黎明还是黄昏。更糟的是，她的梦里充满来自往昔的喧嚣，而现在，那些声音还在说个不休。她跑去开门，看看门是否锁好了——很好；没人能进得来；她独自一个人安安稳稳地待在属于她的私人空间——她拳头咬在嘴里，在那里站了很长一段时间之后，才拿起电话簿，在"纽约市"开头的那一部分反复翻找，最后她找到了"心理健康咨询中心"。但她拨打那个号码后，电话响了十一次都没人接。这时她才想起来今天是星期天；她只得等。

"你应该出去见见人，艾米丽，"格蕾丝·塔尔伯特经常对她说。格蕾丝·塔尔伯特也曾在鲍德温广告公司工作过，后来她在一家更大的公司找到一份更好的工作，而最近她成为艾米丽唯一的朋友。她好挖苦人，长着一张老鹰脸，不太讨人喜欢，但是每星期一次，她们相约在一家餐馆见面吃饭，有她似乎总比没有好。

此时她肯定要比什么都没有强。艾米丽把她的电话号码拨到一半，突然意识到自己不知道该和她说什么。她不可能说："格蕾丝，我想我要发疯了。"那听起来不像傻瓜是不可能的。

"喂？"

"嗨，格蕾丝，我是艾米丽。我打电话——你知道——没什么很好的理由，只是想说说话。"

"哦。嗯，那——很好。你最近怎样？"

"哦，挺好，我想，只是星期天的纽约可能非常糟糕。"

"真的？天哪，我**喜欢**星期天。我躺在床上享受时光，看看《时报》，吃着肉桂吐司，喝着一杯又一杯的茶，然后下午去公园里散散步，或者有时候有朋友来访，或者有时候我去看电影。这是一周中唯一让我真正感到自由自在的日子。"

谈话停顿了片刻，艾米丽在后悔根本不该打这电话。然后她说："你今天下午做的什么？"

"哦，我和一些朋友喝了一杯，乔治和麦拉·福克斯夫妇。我和你说**过**他们：他为平装书写腰封文案；她是个商业广告画家。他们都是令人愉快的人。"

"哦。嗯，我只是想问问你——你知道的——看看你在干什么，"她说的每一句话都让她越来越痛恨自己，"我很抱歉，要是我打扰了你做事，或者类似什么的。"

又是一个停顿。"艾米丽？"格蕾丝·塔尔伯特终于说，"你可知道吗？我希望你别再逗我开心了，别再逗你自己开心了。**我知道你有多寂寞；任何人这么寂寞都是一种犯罪。**听着：乔治和麦拉下星期五晚上召集几个人过去聚聚。和我一起去好吧……?"

派对。这将是她许久以来的第一场派对，而她根本想不起来上一次的派对是什么时候，离星期五只不过五天。

整整一个星期她别的什么都想不了；然后星期五就到了，而这世界上最重要的就是把她的衣服和头发都弄弄好。她决定穿一件简单的黑色连衣裙（她不禁想起霍华德·邓尼格在谈到琳达时曾说："她穿着一件简单的黑色短裙……"），而发型上则留下一束头发迷人地垂下来遮在眼睛上。她看上去挺好。派对上很容易会遇到一个男人，头发灰白、看着很舒服，年龄和她相仿或更年长一点，而他会说："给我讲讲你的故事，艾米丽……"

但那根本不是一个真正的派对。聚在福克斯客厅里的八到十来个人根本就没有离开过各自的座位，没有站起身四处走动过；他们看似全都知根知底，全坐在那里一副疲惫不堪的姿态，脸上是讥讽的神情，小口啜饮着很小的玻璃杯里的廉价红酒。没有单身的男士。艾米丽和格蕾丝，坐在远离主要人群的地方，完全被排除在谈话之外，直到麦拉·福克斯急匆匆赶过来解围，身后跟着另外几个客人，都一副期待倾听的神情。

"我和你们说过特鲁迪的事儿吗？"她问格蕾丝，"我们这层楼上的邻居？她说她可能晚点过来，所以你们可以见到她，但你们真的应该先了解点她的事。她真的是个人物。她是——"

说到这儿，乔治·福克斯，站在那儿拿着一瓶红酒正要倒酒，打断了妻子的话，那声音响亮得足以让所有人都听见。"特鲁迪经营一家女性手淫诊所。"他说。

"哦，乔治，它不是'诊所'，是一间工作室。"

"是工作室，对的，"乔治·福克斯说，"她招徕各个年龄段的女性——大部分都像是中年女性，我想——而且她收费十分昂贵。班级在她的工作室会齐，跳常规的现代舞蹈进行热身——裸体的，当然啦——然后她们就进入到——嗯，她们就开始着手做正事，你也许会说。因为特鲁迪不相信手淫是那真东西的一种拙劣的替代品，你懂的；她相信手淫是一种生活方式。有点像是激进女权主义的终极行为。谁还需要男人呢？"

"我不相信。"有人说。

"你不相信它？呆着别走。你会见到她的。你自己问她。她最喜欢不过的就是带人参观工作室。"

特鲁迪后来真的来了——或者说，她进场了。她身上最令人吃惊的一点是，她剃了个光头——她看似一个四十岁左右、完全秃顶的英俊男人——接着你会注意到她的着装：一件紫色的男式汗衫，她那对小乳房的乳头在衣服下面凸了出来，还有一条精心漂白的蓝色牛仔裤，裤裆部位缝饰了一个大大的黄色蝴蝶图案。她和大家一起呆了一会儿，使劲地抽烟，结果她瘪下去的脸颊和突出来的颧骨显得更加显眼；接着，当有几个客人开始离开时，她说："有谁想看看我的工作室吗？"

首先进到的是一个门厅，墙上有许多挂衣钩，在拱形门道的上方有一个标识，上面写着："**请脱衣**"。"你们可以忽略，"特鲁迪说，"但是请你们把鞋都脱了。"然后她领着穿着袜子的访客走进大大的、铺着厚厚地毯的主客厅。

有一面墙上挂着一幅巨大的、身体结构无比完美的女子画像，她斜倚在那里，赤裸着身体，两腿分开，一只手摸着一只乳房，另一只手把一个电子振动棒按在自己的档部。另一面墙上，沐浴在天花板的聚光灯下，是一幅看似旭日东升图案的雕塑作品，上面有许多铝制的豆荚状图形。近前一看，这些豆荚原来是精确的、实体大小的敞开的阴道效果图——有一些比其他的明显要更大些，全都有差别细微的不同形状的外阴唇和内阴唇。艾米丽正在仔细观察这些展品的时候，特鲁迪走过来站在她身后。

"这些是我的一些学生的，"她解释说，"我的一个雕塑家朋友用蜡做出模型，然后把它们浇铸成铝的。"

"我明白了，"艾米丽说，"嗯，这很——有意思。"她手指间的那杯酒是温热的，手指上黏糊糊的，她的脊梁骨因为疲劳而疼痛。她有一个预感，如果她不立马离开这里，特鲁迪会邀请她加入她的课程。

为了尽量不显得匆忙，她找了个借口返回门厅，她的鞋子就放在那里，然后回到福克斯的公寓，在那里，几个人一致同意说，特鲁迪的工作室是他们见过的最该死的地方。

"我告诉过你们，"乔治·福克斯不断地说，"你们不愿相信我，但我告诉过你们……"

然后派对就结束了，她在外面人行道上向格蕾丝·塔尔伯特道晚安，对方几次三番地坚持说今晚很"有趣"，然后她就走上回家的路。

再没有派对了，而她也改掉了散步的习惯。她离开公寓只为去买食物（"电视餐"和其他廉价的加工过的食品，容易做，吃起来快），还有许多天她甚至连这个也不做。有一次，她逼迫自己出门上街，走进一家街角熟食店，从货架和冰柜里挑选好要买的东西，把它们放在收银机附近，这时，她抬起头，发现店主正盯着她的眼睛微笑。他是一个六十多岁的男子，面容和善，身材敦实，围裙上有咖啡渍，以前她和他打过许多次的交道，他却没有一次曾这样笑过，甚至都没有和她说过话。

"你可知道吗？"他说，羞怯得就像是要展开一次爱的表白，"如果我所有的顾客都像您这样，我的生活将会幸福许多啊。"

"嗯？"她说，"为什么？"

"因为你自己动手，"他说，"你自己挑选所有的物品，你还把它们拿到这儿来。这太好了。大多数人——尤其是女士——都是进来说一声'一盒麦片'。我就要一路走到摆放麦片的地方，然后再把它一路拿到这儿来，然后她们说：'哦，我忘了——再拿一盒卜卜米。'所以为了三十九美分，我就要忙得心脏病发作。你不是。你从来不是。和你做生意真是一件乐事。"

"嗯，"她说，"谢谢您。"数出美元钞票的时候，她的手指头在颤抖。这是她近一周来第一次听到自己说话的声音，而这距离上一次有人——随便是谁——对她说些好话则已经过去更久、更久了。

有几次她已经开始拨打"心理健康咨询中心"的号码，但是每次都没有让自己拨完。接着，有一次她真的拨完了，被指示去拨打另一个号码，在那儿，一个女人操着一口浓重的西班牙口音，说话很小心，解释了具体程序：艾米丽可以在工作日的上午十点前去贝尔维尤医院，下到地下室那一层，找到一个写着"**免约诊所**"的牌子。在那儿她会接受一个社会工作者的面谈，并安排好后面某个时段一名精神科医生的预约门诊。

"非常感谢。"艾米丽说，但她从未去过。下到贝尔维尤医院的肚肠里去寻找"**免约诊所**"，就和走进特鲁迪的工作室一样，那种指望看来几乎被彻底剥夺了。

一天下午，她逼迫自己去散了一次很长的步，去了格林尼治村——那是一次充满对逝者回忆的拜访——在返回的途中，她在人行道上停下来，感到她的血流因为一个新念头的涌现而加快了。接着，她匆匆赶回家里，刚刚把身后的门关上，独自一人，她就把一个沉重的落满灰尘的纸板箱从储放的地方拖出来，拖到地板中央。那是一箱子的旧信——她从来没舍得扔掉过一封——她将厚厚的一大把一大把的信翻出来，信封滑过来溜过去挨个地看，所有这些信都令人绝望地没有个时间顺序，最后，她终于找到她要找的两封信中的一封：

马丁·S. 格雷戈里夫妇

荣幸地宣布他们的女儿

卡罗尔·伊丽莎白

与

彼得·J. 威尔逊牧师

于一九六九年十月十一日，星期五结婚

圣约翰教堂

爱德华兹敦，新罕布什尔州

她记得自己对没有被邀请去参加婚礼而微微感到受了伤害，但是霍华德说："哦，这太傻了；没有人再举办大型、奢华的婚礼啦。"她曾送去一份昂贵的银质礼品，并收到一封漂亮动人、语气年轻的感谢短笺，是彼得的新娘写的，字迹是一种出自私立学校学子的粗体小字。

　　似乎又过了好几个小时才找到那第二封信，时间上则距离现在近了许多。

彼得·威尔逊牧师和夫人

宣布生下一女

萨拉·简

七磅六盎司

一九七〇年十二月三日

　　"哦，看啊，霍华德，"她曾说，"他们用萨拉给她取的名字。这不是挺好吗?"

　　"嗯，"他说，"很好。"

　　现在她手握两份通告，却拿不定该怎么处理。为了掩饰拿不定主意给自己的影响，她花了很长时间把散落一地的信件都清理干净，重新塞回那箱子里，接着又是拖，又是拉，使它回到原先所在的暗处。然后她洗掉手上的灰尘，静静地坐在那儿享受一罐冰镇啤酒，努力思考起来。

　　过了四五天，她才鼓起勇气，给新罕布什尔爱德华兹敦的彼得·J.威尔逊牧师打电话。

"艾美阿姨！"他说，"哇，接到你的电话真高兴。你一向可好？"

"哦，我一向——都好的，谢谢。你们都好吗？小姑娘怎么样了？"

他们就这样聊着，没有任何实质的内容，直到他说："你还在那家广告公司？"

"不，我——实际上，我已经有段时间没在那里上班了。实际上，我现在根本不在上班。"她敏感地意识到自己说了两次"实际上"，这让她咬了咬自己的嘴唇。"我现在只算是一个人住，我有很多时间都空着，我想这就是为什么"——她试着轻轻笑了一声——"我想这就是为什么我突然决定给你打电话的原因。"

"好啊，太好了，"他说，他说"太好了"的方式表明，他已经明白"现在只算是一个人住"是什么意思，"那太好了。你曾经上这边来过吗？"

"什么？"

"你曾经上这边来过吗？新英格兰？新罕布什尔？因为我是说我们很想见你。卡罗尔一直想要见你。也许你能来度一个周末什么的。等等，听着：**我想到个主意。** 就下周末怎样？"

"哦，彼得——"她的心跳得飞快，"这听着像是我在不请自来。"

"不，不，"他坚持说，"别傻了——根本不是那回事。听着。我们的空间足够大；你会绝对非常舒服的——而且也不必只是待个周末；你可以想待多久就待多久……"

事情就这么定下了。下个星期五，她会坐巴士去爱德华兹敦——路上要六个小时，其中在波士顿停留一小时——彼得会在车站接她。

接下来的几天里，她行动中有了一种新的权威性，感觉自己是一个重要人物，一个不容忽视的人物，一个值得爱的人物。衣服是个大问题：她几乎没有适合在新英格兰春天里穿的衣服，因此她还动过再买点的念头，但那太傻了；她买不起的。在她旅行的前一天晚上，她熬夜洗衣服，在浴室微弱的黄光下（房东为了节省，所有浴室安装的都是二十五瓦灯泡），把她的内衣和连裤袜都洗好，之后她就睡不着了。星期五一大早，当她提着小手提箱走进港口管理局巴士总站那喧闹的迷宫时，她仍然因睡眠不足而疲惫烦躁。

她原以为可以在巴士上睡觉，但有很长一段时间她能做的只是一支接一支地抽了很多烟，盯着身旁泛着蓝色的车窗外面不断滑过的风景。这是一个阳光明媚的四月天。然后，中午刚过，一阵睡意突然袭来；她醒来时，一只胳膊麻了，身上的衣服皱巴巴得厉害，她的眼球感觉好像被撒了沙子。巴士离爱德华兹敦只有几分钟的路程了。

彼得热情地迎上来打招呼。看见她提着这般一个重物觉得好像受到了冒犯似的，他一把抓过她的手提箱，领着她向自己的车走去。和他走在一起真是高兴：他走起来步伐轻松，跨着运动员似的大步，空出来的那只手还托着她的胳膊肘。他戴着牧师衣领——她想，既然他一直戴着它的话，那他一定属于非常严格的新教圣公会高教派——配着一套相当整洁的浅灰色西装。

"这里的乡间很美，"他边开车边说，"你来真是挑了个好日子。"

"嗯。天气真好。你实在是——太好了，邀请我来。"

"你能来真是太好了。"

"你家离这儿远吗？"

"只有几英里。"过了一会儿，他说，"你知道吗，艾美阿姨？自从这场妇女解放运动开始以来，我就经常想起你。你一贯给我留下的深刻印象是，你是最先实现解放的女性。"

"从什么中解放出来？"

"嗯，你知道——从所有陈旧的、老套的，一个女人应该扮演什么样的角色的社会学概念中。"

"天哪，彼得。我希望你会在布道中做得比**那**更好。"

"比什么好？"

"在使用'老套的社会学概念'这样的短语方面。你是什么——那些'新潮'牧师当中的一员？"

"哦，我想我相当新潮，是的。你必须得这样，如果你要和年轻人打交道的话。"

"你现在多大了，彼得？二十八？二十九？"

"你**真的**不了解了，艾美阿姨。我三十一了。"

"那你女儿多大？"

"就快四岁了。"

"我——非常高兴，"她说，"你和你妻子给你们女儿取了你妈妈的名字。"

"好啊。"他说，一边把车驶入超车道，超过一辆油罐车。当他回到行车道上时，他说："你高兴我很开心。我要告诉你：我们希望下次能生个男孩，但是如果我们再有一个女孩，我们可能用你的名字给她起名。你觉得这怎么样?"

"嗯,我会非常——那会非常——"但她没能把话说完,因为她崩溃了,靠着副驾驶那一侧的车门哭起来,双手捂着脸。

"艾美阿姨?"他羞怯地问,"艾美阿姨?你还好吧?"

这太丢人了。她和他在一起才十分钟不到,而她已经让他看到自己哭了。"我很好,"一等她能开口,她就说,"我只是——累了,是这样的。我昨晚觉没睡好。"

"嗯,你今晚好好睡吧。这里的空气很薄、很纯净;人们说这会让人睡得像死人一样。"

"嗯。"她开始忙着点香烟,这是她的仪式,她一生都依赖它来找回不太现实的镇静。

"我妈妈过去常常睡不好觉,"他说,"我记得在我们小时候,我们总是说'安静点。妈妈想睡觉了'。"

"是的,"艾米丽说,"我知道她睡觉不好。"她迫切地想说她是怎么死的?但她忍住了。相反,她说了:"你妻子怎么样,彼得?"

"嗯,你很快就会见到她。你会了解她的。"

"她漂亮吗?"

"哦,哇,那还用说。她很漂亮。我想,我和大多数男人一样,曾经幻想过漂亮的女人,这个女孩让那个幻想成为现实了。等会儿你就见到她了。"

"好啊。我会等的。你们做什么工作,你们俩?你们只是坐着,老是讨论耶稣吗?"

"我们什么?"

"你们会熬夜谈论耶稣、复活以及类似的事儿吗?"

他微微瞥了她一眼，看上去很茫然。"我不知道你想要说什么。"

"我只是想要知道你的——你怎么——你和让你的幻想成为现实的人是怎么打发时间的。"她能听到自己的声音中升腾起歇斯底里的成分。她将半开着的窗户摇下来，啪的一声把香烟弹进风中，刹那间，她感到自己很强悍，很兴奋，就像她与托尼对峙时那样。"那好吧，了不起先生，"她说，"我们就直说吧。她怎么死的？"

"我甚至都不知道你是在——"

"彼得，你爸爸过去一直殴打你妈妈。那件事我是碰巧知道的，而我知道你也知道的。她告诉我你们三个孩子都知道。别骗我；她怎么死的？"

"我妈妈死于肝病——"

"——'她在房子里摔了一跤把病情搞严重了。'哦，我之前听过这又唱又跳的说辞。你们这些孩子的确牢牢记着那句台词。嗯，我就想听听**摔跤**的事。她怎么摔倒的？她怎么受伤的？"

"我当时不在那儿，艾美阿姨。"

"天哪，真会逃避。你不在那里。那你就从没查问过？"

"我当然问过。埃里克在那儿；他告诉我说，她在客厅的一把椅子上绊倒，撞到了头。"

"你真的认为这一跤就足以要人性命吗？"

"可能的，当然，如果摔得很重的话。"

"好啦。告诉我警方调查的情况。我碰巧知道警方做过调查的，彼得。"

"像这样的案件**总是**要有调查的。他们什么都没找到；没有任何东西可找的。你听起来有点——你为什么要拷问我，艾美阿姨？"

"因为我想知道真相。你爸爸是个非常残暴的人。"

树木和整洁的白色房屋从车窗外掠过，远处是一抹墨绿色的山岭，彼得在久久地思考该如何回答她——时间太长了，长得令她感到害怕，生怕他是要找一个地方把车子调头，那样他就能开车把她送回汽车站，送她回家。

"他是个有缺陷的人，"他终于说，说得很小心，"而且在许多方面是一个无知的人，但我不认为他残暴。"

"残暴，"她坚持说，现在她浑身颤抖得厉害，"他又残暴又愚蠢，他杀了我姐姐——他用二十五年的残暴和愚蠢和冷漠杀死了她。"

"好了吧，艾美阿姨；别说了。我爸爸一向都是尽其所能的。大多数人都会尽其所能的。当可怕的事情发生时，通常都不该只责备某一个人。"

"**说的**什么话嘛，看在上帝分上？这就是你在神学院学的东西，还有'伸出你的另一边脸'？"

他已经放慢车速，打着灯转弯，现在，她看到一段短短的水泥车道，一片整洁的草坪，还有一座小小的两层楼房子，和她想象的一模一样。大家都在等着。他把车直接开进车库里停下来，车库里比大多数人家的车库都要更整洁。靠墙边停着两辆自行车，其中一辆的车座后面安着一个带软垫的婴儿座椅。

"看来你们骑自行车啊！"她越过车顶大声对他说。她下车动作很快，身体仍在晃动就从后排座位上抓起她的手提箱；然后，因为需要一个响亮的声音来中断自己的怒火，她使出浑身力气把车门摔上。"你们就是**这样**过的啊。哦，那是多么美妙的景象啊，星期天的下午，你们俩骑着自行车，带着你们那叫啥名字的小'她'，穿着剪短了的性感小牛仔裤，浑身晒得黝黑，腿部修长——你们一定是整个新罕布什尔的人都羡慕的对象……"她已经开始从车尾绕过来和他会合，但他只是站在那里看着她，眨着眼睛。

"……然后你们回到家里，洗澡——你们一起洗澡吗？——或许你们会在厨房里趁着倒红酒喝的时候玩个捏屁股的小把戏，然后你们吃晚饭，把婴儿送上床睡觉，坐下来谈论一会儿耶稣和复活的事儿，然后就迎来一天的重头戏，对吧？你和你妻子走进卧室，把门关上，你们互相帮着脱光衣服，然后哦，我主上帝啊——想想这些成为**现实**的幻想吧——"

"艾美阿姨，"他说，"这有些出格了。"

出格了。她呼吸急促，紧咬着下巴，提着她的手提箱沿着车道朝街道走去。她不知道自己是在去哪里，她只知道自己看起来很荒唐，但她又不可能走任何其他方向。

走到车道尽头，她停下来，没有转头，而过了一会儿，她听到有口袋里硬币或钥匙叮当作响的声音，还有橡胶鞋底踏在地上的声音；他正在到她这儿来。

她转过身来。"哦，彼得，对不起，"她说，不太敢正视他，"我无法——我无法告诉你我有多么抱歉。"

他看起来非常尴尬。"你不必道歉，"他说，把手提箱从她手里拿过去，"我想你很可能太累了，需要休息一下。"此时他正以一种冷漠、疑惑的目光看着她，与其说是一个牧师，倒不如说是个机警的年轻精神病学专家。

"是的，我累了，"她说，"有件可笑的事情你知道吗？我都快五十岁了，可我这辈子却什么事情都没搞懂过。"

　　"好啦，"他平静地说，"好啦，艾美阿姨。来吧。您快请进去见见家人吧？"

RICHARD YATES

The Easter Parade

Copyright © 1976，Richard Yates

Simplified Chinese Edition Copyright © 2021

SHANGHAI TRANSLATION PUBLISHING HOUSE（STPH）

All Rights Reserved.

图字：09－2009－565 号

图书在版编目（CIP）数据

复活节游行/（美）理查德·耶茨（Richard Yates）
著；王青松译．—上海：上海译文出版社,2020.11
（理查德·耶茨文集）
书名原文：The Easter Parade
ISBN 978－7－5327－8572－8

Ⅰ.①复…　Ⅱ.①理…②王…　Ⅲ.①长篇小说—美
国—现代　Ⅳ.①I712.45

中国版本图书馆 CIP 数据核字（2021）第 195976 号

复活节游行

［美］理查德·耶茨　著　王青松　译
责任编辑/赵　婧　装帧设计/好谢翔

上海译文出版社有限公司出版、发行
网址：www. yiwen. com. cn
201101　上海市闵行区号景路159弄B座
苏州市越洋印刷有限公司印刷

开本 890×1240　1/32　印张 7.5　插页 5　字数 120,000
2022 年 1 月第 1 版　2022 年 1 月第 1 次印刷
印数：0,001—6,000 册

ISBN 978－7－5327－8572－8/I·5281
定价：66.00 元